서울 아미

기다리는 일의 끝에 누군가

서울 아이

기다리는 일의 끝에 누군가

초판 1쇄 펴낸날   2023년 7월 19일
초판 2쇄 펴낸날   2023년 10월 25일

지은이   박영란
펴낸이   홍지연

편집   홍소연 고영완 이태화 전희선 조어진 이수진 차소영 서경민
디자인   권수아 박태연 박해연 정든해
마케팅   강점원 최은 신종연 김신애
경영지원   정상희 여주현

펴낸곳   ㈜우리학교
출판등록   제313-2009-26호(2009년 1월 5일)
주소   04029 서울시 마포구 동교로12안길 8
전화   02-6012-6094
팩스   02-6012-6092
홈페이지 www.woorischool.co.kr
이메일   woorischool@naver.com

ⓒ박영란, 2023
ISBN 979-11-6755-212-9   43810

만든 사람들
편집   서경민
교정   김미경
디자인   박태연

박영란 장편소설

서울 아이

기다리는 일의 끝에 누군가

우리학교

차례

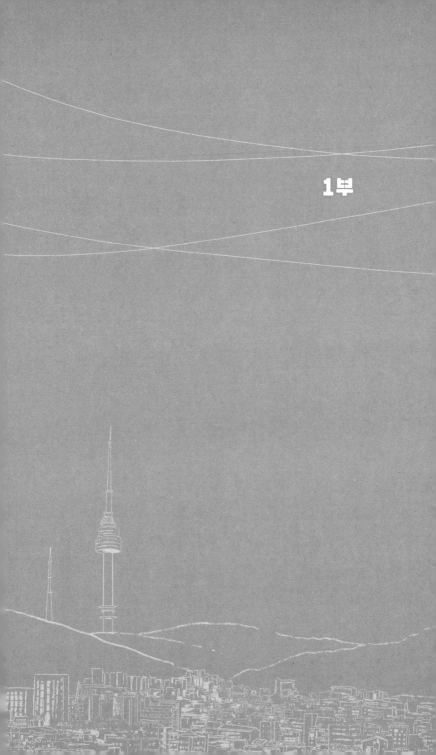

1부

1

형과 내 이야기는 어느 날 갑자기 시작된 것이 아니다. 하지만 그날부터 이야기하고 싶다. 그날 저녁에 형이 가방을 메고 나설 때 나도 따라나섰다. 그때 형이 말했다.

광장까지만 같이 간다!

광장까지 따라가면서 형 마음이 바뀌기를 기도했다. 그러나 기차를 탈 시간이 다가오자 형이 내 어깨에 손을 얹고 이렇게 말했다.

넌 아직 안 된다!

나는 왜 안 돼?

내가 어리광을 부리자 형이 이렇게 달랬다.

지금은 안 된다는 거다.

그럼 다음에 갈 때는 나도 같이 가.

형을 따라갈 수 없다는 건 나도 알고 있었다. 그냥 한번 졸라 봤을 뿐이다. 조르는 것만으로도 형 마음을 불편하게 할 수 있다. 그러나 내가 진짜 원하는 것은 형 마음을 불편하게 만드는 것이 아니다. 형이 얼른 돌아오게 하는 것이다.

형이 만 원짜리 한 장을 주고 빅맥 세트도 사 안겼다. 이틀쯤 걸린다는 뜻이다. 하루 만에 올 생각이면 빅맥 세트만 사 주었을 것이다.

형이 없는 광장은 갑자기 넓어진다. 광장 꼴이 보기 싫어 대합실 안으로 들어갔다. 거기서 아이언맨을 좀 기다리다가 깜깜해지면 집에 갈 생각이었다. 대합실 안에서 놀고 있으면 뭘 자꾸 물어보는 사람들이 있다.

누구 기다리냐?

누구든 물어보면 이렇게 답해 준다.

아이언맨!

그러면 사람들은 웃는다. 사람들이 웃는 이유를 안다. 한마디로 미친놈 같다는 것이다. 아버지나 어머니 또는 동생, 잃어버린 개나 고양이를 기다린다면 모를까, 아이언맨을 기다린다니. "그거 영화 아니냐?" "아이언맨을 왜 찾아?" "로다주(로버트 다우니 주니어)가 언제 한국 왔냐?"

사람들은 내가 기다리는 게 정말로 뭔지는 관심 없다. 내가 형을 기다린다고 대답해도 웃었을 것이다. 사람들은 그냥 내가 웃긴 것이다. 어린아이가 서울역 광장을 혼자 돌아다니는 것 자체가 웃음거리다. 나 역시 사람들이 웃기긴 마찬가지다. 웃기는 사람들에게 아이언맨의 진짜 이름을 말해 줄 필요는 없다.

여기 매일 오냐?

상냥하게 웃는 아줌마나 모자 쓴 아저씨가 물으면 나는 대답한다.

매일은 못 와요. 학교도 가야 하고, 학원도 가야 하니까요. 주말에나 시간이 나요. 평일에도 올 수 있긴 하지만 시간이 잘 안 나요. 평일에 오려면 학원을 빼먹어야 해요. 학원 빼먹는 일은 쉽지가 않죠. 표시 나지 않게 잘해야 하거든요. 그래야 엄마 귀에 들어가지 않으니까. 학원 빼먹은 걸 엄마가 알면 골치 좀 아파지는 거죠.

나는 콧잔등을 잔뜩 찌푸리면서 다리를 부르르 떨었다. 형이 가르쳐 준 개다리춤인데, 위험한 상황이 닥치면 개다리춤을 추라고 했다. 그러면 사람들을 웃길 수 있고, 위급 상황을 피하기 쉽다고 했다.

개다리춤을 추고 있자면 뭐를 주는 사람도 간혹 있다. 내가 뭔가를 얻어 내기 위해 개다리춤을 춘다고 생각하는 사람들은 햄버거나 음료수 같은 걸 준다. 햄버거나 음료수를 받는 게 창피하지는 않았다. 형도 말했다시피, 어떤 짓을 하든 자기가 자신을 어떻게 생각하느냐가 가장 중요하니까.

개다리춤을 출 때면 나는 나 자신을 이렇게 생각한다. '나중에 커서 로다주보다 더 멋진 아이언맨이 될 거다. 그래서 지금 고난을 이겨 내는 중이다.' 영웅은 본래 고난 좀 겪어야 한다고 형이 말했다. 나의 고난을 위해 나는 사람들이 주는 게 뭐든 점잖게 거절하는 법을 배웠다. 특히 현금은 절대 안 받았다. 형이 말하기를, 현금 주는 사람을 제일 경계해야 한다고 했다.

2

광장에 귀차니 아줌마가 안 보이면 불안했다. 귀차니 아줌마는 하울성(하울의 움직이는 성) 같은 유아차를 끌고 바지 대신 종이 기저귀를 입힌 아기를 데리고 다니기 때문에 금방 눈에 띈다. 그런데 광장 여기저기를 살펴봐도 아줌마가 보이지 않았다. 다른 역 광장으로 옮겼거나, 아줌마 가족이 찾아와 아줌마와 아기를 데려갔거나, 사회 복지사 누나들이 아줌마를 귀찮게 해서 숨어 버렸는지도 모른다.

아줌마가 가장 싫어하는 게 귀찮게 하는 거였다. 아줌마는 누가 다가오면 일단 이 말부터 하고 본다.

귀찮아!

뭐가 그렇게 귀찮아요?

전부 다!

왜요?

귀찮으니까 귀찮아.

나하고도 '귀찮아'로 말을 텄다. 그날도 나는 역에 나가 형을 기다렸다. 가만히 앉아서 기다리는 것은 물론 아니었다. 나는 대합실 안이 우리 거실이라도 되는 양 쏘다녔다.

맥도날드 옆에 세워진 커다란 스테인리스 쓰레기통에서 덩치 큰 아줌마가 뭔가를 찾고 있었다. 그런 모습을 모른 척할 내가 아니었다.

뭐 찾으세요?

옆에 가까이 다가가서 물었다. 하지만 아줌마는 나 따위는 관심도 없었다. 들은 척도 안 하고 쓰레기통을 뒤적거리는 데만 열심이었다. 뭐 그럴 수도 있지. 나는 아줌마가 뒤적거리는 쓰레기통 안에 뭐가 있나 함께 들여다보았다. 마침내 아줌마 손에 들려 나온 건 맥도날드 비닐봉지였다. 햄버거랑 감자튀김이 그대로 들어 있는 봉지였다.

뭐 하게요?

내가 물었다.

귀찮아. 저리 가.

아줌마의 첫 대답이었다.

아줌마는 유아차 뒤쪽 주머니에 비닐봉지를 쑤셔 넣고 대합실을 빠져나갔다. 나는 거리를 조금 두고 아줌마 뒤를 따라갔다. 아줌마는 광장 계단 아래서 멈췄다. 유아차를 돌려서 유아차에 타고 있는 아기와 마주 보고 앉았다. 그러고는 쓰레기통에서 꺼낸 햄버거를 아기와 나눠 먹었다. 나는 몇 발짝 떨어져서 서 있었다. 아줌마가 나를 힐끔 보더니 위협했다.

쉿, 저리 가.

나, 나쁜 사람 아니에요.

나도 모르게 내 입에서 그런 대답이 나왔다. 그러자 아줌마가 나를 빤히 쳐다보더니 물었다.

좀 줄까?

나는 아줌마 곁에 바싹 다가갔다. 유아차에 타고 있던 아기가 나를 보더니 팔다리를 버둥거렸다. 안다는 뜻인 것 같았다. 조금 전에 대합실에서 한 번 만났던 사이니까. 나는 아줌마 옆에 앉아서 감자튀김을 몇 개 얻어먹었다. 사 먹는 거와 별다를 거 없는 맛이었다.

먹을 만하네요.

말하자 아줌마가 또 이랬다.

귀찮아.

그때부터 나는 아줌마를 귀차니 아줌마로 부르기로 했다. 아줌마도 불만 없어 보였다.

아줌마가 세상만사를 귀찮아하는 건 나하고 다르지만, 광장에 나와서 뭔가를 기다리는 건 나와 같았다. 그러니까 거의 매일 광장에 나와 있는 것이다. 온갖 물건을 주렁주렁 매달아 하울성처럼 요란한 유아차와 아기까지 데리고 광장에 나와 있는 걸 보면 귀차니 아줌마는 나보다 더 굉장한 걸 기다리는지도 모른다. 광장에는 뭔가를 기다리는 사람들이 많다. 노숙자 아저씨들도, 귀차니 아줌마도, 교회 사람들도, 심지어 경찰 지구대 형들도 뭔가를 기다린다. 뭔가를 기다려본 사람은, 뭔가를 기다리는 사람의 눈이 어떤지 안다.

*

귀차니 아줌마도 없는 광장에 혼자 있자니 허전했다. 밤이 늦어도 나를 찾으러 오는 사람이 없었다. 형이 있었다면 오토바이를 몰고 날 데리러 왔을 것이다. 하지만 형은 아이언맨을 찾으러 가고 없다. 혼자 집에 돌아가야 했다. 가서 텔레비전이나 볼 생각에 뛰었다.

언덕 아래 편의점 앞에서 옆방 누나를 만났다. 옆방 누나는 맥도날드 알바 누나 같은 누나는 아니다. 실은 완전 아줌마다. 형은 화장을 지우면 할머니일 거라고 했다. 하지만 절대 아줌마라거나 할머니라고 하면 안 된다. 형 말에 따르면 세상엔 수많은 직업이 있는데, 할머니가 되어도 '누나'라고 불러 줘야만 하는 직업이 있다.

아무튼 옆방 누나는 괜히 나한테 투덜대길 잘했다. 구멍가게가 편의점으로 바뀌어서 쓸데없이 물건값만 비싸졌다는 것이다. 나도 편의점에 불만이 많았으니까 그럴 때마다 지겨워도 참고 들어 주었다. 편의점이 구멍가게였을 때는 신기한 물건들이 구석구석 숨어 있어서 나도 걸핏하면 들락거렸지만, 바뀐 후로는 잘 안 갔다. 깨끗하고 환한 편의점에서는 뭐 하나 슬쩍할 수도 없다.

넌 늦은 시간에 어디 갔다 오는 거니?

광장에요.

거긴 뭐 하러?

아이언맨 기다려요.

아이언맨?

누나가 잠시 생각하더니 물었다.

아이언맨이 그리로 온다던?

어쩌면 옆방 누나도 아이언맨을 기다리는 사람일지 모른다는 생각이 들었다. 누나는 늘 피곤해하니까 광장까지 나가지는 못하고 집에서 기다리는지도 모른다. 어쩌면 내 기분을 맞춰 주려고 아이언맨을 아는 척하는 건지도 모르고. 어느 쪽이든 상관없다. 말이 통한다는 게 중요하니까.

누나는 왜 달의 궁전에서 알바해요?

누나와 말이 통할 것 같아서 물어봤다. 그런데 누나가 말이 없었다. 이건 내가 물어보지 말아야 할 것을 물었다는 뜻이다. 아무리 옆방에 사는 누나라고 해도 직업을 물어봐서는 안 된다고 형이 알려 줬는데 깜빡 잊었다. 누나도 아이언맨을 기다리는 사람일지 모른다는 생각에 들떴다. 나는 후회한다는 뜻으로 길바닥에 나뒹구는 찌그러진 캔 하나를 탁 찼다. 그랬더니 누나가 아주 작은 소리로 말했다.

삶이란 믿을 만한 게 아니란다. 언제 어떻게 될지 알 수 없는 게 삶이지. 나도 한때는…….

누나가 말끝을 우물거리면서 이랬다.

광장에 너무 늦게까지 있지 마라. 거긴 위험하단다.

우리 형도 광장에 오래 있지 말랬어요.

그래, 형 말을 잘 들어야지.

옆방 누나와 나는 서로 질문도 답도 더는 하지 않고 그냥 천천히 언덕을 올랐다.

3

　형이 아이언맨을 찾아다닌 건 내가 아홉 살 때부터였다. 그때 형은 열일곱이었다. 어느 날 학교에서 돌아오니 형이 방에 있었다. 형이 낮에 집에 있는 날은 특별한 날이다. 형은 집보다 밖을 더 좋아해서 잠잘 때조차 밖에 나갈 궁리만 한다. 그런 형이 대낮에 침대에 걸터앉아 있어서 좀 놀랐다. 그때 형이 그랬다.

　아이언맨 찾으러 다녀와야겠다.

　형 입에서 아이언맨 소리가 나온 건 처음이었다. '아이언맨'이 진짜 누군지는 형과 나만 아는 비밀이다. 형은 이 비밀을 입에서 꺼내기만 해도 화를 냈다. 그런데 형이 먼저 아이언맨을 찾아봐야겠다고 했다.

　나도 같이 가?

　넌 집에 있어.

　싫어!

　말 들어!

　왜?

　넌 학교도 가야 하고, 둘이 움직이면 돈만 더 든다.

　형이 돈 문제를 들먹이면 나는 꼼짝 못 한다. 형은 돈 때문에 학교를 그만두고 검정고시를 준비한다. 우리 둘 다 학교에 다닐 만큼 넉넉하지 않다고 형이 말한 적이 있다. 돈을 벌려고 형은 오토바이 면허까지 땄다. 형은 세상에서 가장 쉬운 게 운전면허 따는 거라고 했지만 자동차 운전대도 못 잡아 봤다. 형은 오토바이를 몰고 배달 알바를 한다. 형이 야식 배달 하다가 사고만 나지 않았더라면 아이언맨을 찾으러 나서지 않았을 것이다.

거기가 어딘데?

말해도 모른다.

언제 오는데?

금방 온다.

금방 얼마나?

하루면 온다.

올 때 양념통닭 사 와!

형이 뭐든 제멋대로이긴 하지만 약속은 제법 지키기 때문에 걱정하지 않았다. 내가 걱정한 건 형 입에서 아이언맨이라는 말이 나왔다는 것이다. 형에게 아이언맨은 나와는 감정이 다르다. 형의 아이언맨은 형 기분을 더럽게 만든다. 형은 이따금 '개자식'이라는 말을 혼자 내뱉었다. 그것만으로 성에 차지 않으면 주먹으로 벽까지 치면서 개자식을 찾았는데, 그 개자식이 바로 '아이언맨'이기 때문이다.

그때 처음 아이언맨을 찾으러 갔던 형은 약속대로 이튿날 돌아왔다. 방에 들어오자마자 가방을 구석에 내팽개치고 하는 말이 이거였다.

개자식, 찾기만 해 봐!

혼자 한참 씩씩거리던 형이 팽개친 백팩 앞에 쭈그리고 앉아 부스럭거리더니 뭔가를 꺼내 나한테 던졌다. 엉망진창이 된 양념통닭 봉지였다.

4

형 없이 혼자 자는 날은 밤새 잠은 안 자고 생각만 했다. 그때만 해도 나는 어렸다. 나이가 어리다는 말이 아니라 생각이 어렸다. 생각이 어리다는 건 공연히 겁을 잘 먹는다는 뜻이다. 어떤 생각이든 해야 혼자 보내는 밤이 빨리 지나갔다. 나는 주로 생산적인 생각을 하려고 애썼다. 형이 말하기를, 생산적인 일을 많이 생각해야 인생이 생산적이 된다고 했다.

그래서 나는 주로 형의 알바에 대해 생각했다. 형이 편의점 알바 자리를 구했다는 생각을 할 때 마음이 가장 시원했다. 대학생이라면 모를까, 편의점 알바는 구하기 쉽지 않았다. 편의점에서 왜 대학생 알바를 더 좋아하는지 모르겠다.

우리 형은 대학생보다 더 잘할 수 있는데. 형은 편의점 알바보다 훨씬 험한 알바도 얼마든지 할 수 있다.

형은 주로 배달 알바를 한다. 형은 이 세상의 모든 알바 중에서 배달 알바를 가장 좋아한다고 우겼다. 사실 형이 배달 알바를 주로 하는 이유는 배달 알바 자리를 구하기가 가장 쉬워서였지만 나는 모른 체해 주었다. 형은 자존심 빼면 '시체'다. 아무튼, 형이 야식 배달을 하다 오토바이 사고가 난 뒤 얼마 동안 배달 알바를 못 하게 된 적이 있다. 형은 되는대로 편의점 알바를 하려 했다. 그리고 그때 편의점 알바 자리 구하기가 얼마나 힘든지 알았다. 고등학교도 때려치운 형한테 편의점 알바는 백화점 직원이 되는 것만큼 어렵고 고상한 일이라고 한다.

형이 배달 알바를 좋아하는 진짜 이유는 밤에 오토바이를 탈 수 있어서일 것이다. 그런 추측은 어려운 일도 아니다. 형이 걸핏하면 흥분했으니까.

그 기분 죽인다! 안 달려 보면 모른다!

그래 놓고 나한테는 이랬다.

오토바이에는 아예 손도 대지 마라!

왜?

내가 물으면 이런다.

너무 위험하다.

형은 알바로 돈을 벌었다. 돈을 벌어서 나를 부양했다. 버드가 함께 살고부터 버드도 부양했다. 공짜는 아니다. 가끔 아주 크게 유세한다. 버드 사료를 사 들고 오는 날엔 특히 더했다.

고양이 사료가 얼마나 비싼지 아냐?

그런 다음 버드 그릇에 사료를 수북이 부어 주었다.

잘 먹어야 다른 놈들한테 안 밀린다.

유세는 그뿐이 아니었다. 대단한 어른처럼 집에만 오면 곯아떨어졌다. 늘 피곤해 죽겠다고 난리였다. 나와 버드를 크게 호강시키는 것도 아니면서 그랬다. 집에 올 때 먹을 거나 좀 사 오는 정도인데, 형 말로는 그게 바로 호강이라고 한다. 나는 부양이라고 생각했다. 나한테 호강은 좀 다른 의미였다.

언젠가 옆방 누나가 호강에는 돈 호강과 마음 호강 두 종류가 있다고 했다. 둘 중 한 가지만 있어도 사람은 그럭저럭 살아갈 수 있지만, 대부분 한 가지도 못 가지기 마련이라고 했다.

넌 어느 쪽이 더 좋니?

누나가 나한테 물었는데, 그때 나는 시원하게 대답하지 못했다.

누나는요?

내가 되묻자 누나는 이렇게 답했다.

마음 호강.

왜요? 누나는 돈이 더 필요하잖아요.

내가 다시 물었다.

마음 호강은 사랑이잖니. 사랑받는 일, 사랑하는 일, 그것보다 더 한 호강이 어디 있겠니.

그것만 봐도 옆방 누나는 아이언맨을 기다리는 사람이 틀림없다.

나는 옆방 누나 이야기라면 형한테 입도 벙긋하지 않았다. 옆방 누나랑 그런 이야기까지 나눈 걸 알면 형이 화낸다. 화가 나면 광장에 못 나가게 할 수도 있다. 하지만 옆방 누나 이야기를 잊지는 않았다. 머릿속에 잘 담아 두었다가 호강이 필요하면 큰 소리로 요구했다.

돈 좀 줘!

형한테 돈 달라는 말을 하려면 자존심이 상할 때도 있다. 형한테 손 벌리려면 미리 마음을 단단히 먹고, 속으로 연습까지 해야 한다. 내가 생각하는 호강은 자존심 상하지 않고 돈이 생기는 거다. 그런데 형은 돈 문제에는 다른 문제보다 열 배는 까다롭게 굴었다. 그래서 언제나 내 자존심을 구겼다. 그래도 형이 돈 문제로 끝까지 골탕 먹이는 건 아니다. 꼬치꼬치 따지고 나서, 줄 땐 시원하게 준다. 무슨 일이든 끝에 가서 시원하게 처리하는 게 형의 좋은 점이긴 하다. 그것 말고 좋은 점은 별로 없다.

형은 학교도 때려치웠다. 고등학교 일 년 다니다 말았다. 물론 검정고시를 준비한다고는 하지만 제대로 하는 것 같지 않아서 걱정이다. 형은 그러면서 나한테는 절대 학교를 때려치워서는 안 된다고 한다.

처음 알바를 시작할 때 형은 돈을 모아 오토바이를 사겠다고 했다. 나는 반대했다. 형이 오토바이를 사면 밤낮 나다닐 테고, 그러면 사고 날 확률이 높아진다. 형이 사고 나는 일은 상상만 해도 끔찍하다. 형이 오토바이 사고 났을 때 병원에 며칠 입원했는데, 병원에 모여 있는 사람들은 광장의 노숙자 아저씨들보다 더 이상했다. 나한테는 그랬다. 어쨌든 형은 내 보호자니까 어디까지나 건강이 먼저라는 게 내 생각이다.

전에 형은 이렇게 말했다.

스무 살이 되면 스파이더맨이 될 거다!

그날은 낮에 광장에서 형을 만났다. 환한 낮에 광장에서 형을 만나는 날은 드물었다. 그날은 운 좋게 딱 만난 것이다. 광장 한가운데 서서 사방을 둘러싼 고층 건물들을 보며 형이 그랬다.

스무 살이 되면.

스무 살?

그래. 스무 살만 되면.

되면?

고층 건물 유리창 닦는 일을 할 거다.

고층 건물 유리창 닦는 일은 생각만 해도 아찔했다. 그런데 그런 고층 건물 유리창 닦는 일을 할 거라니. 나는 뭐라고 한마디 충고를 해 줘야겠다고 생각했다. 그런데 형은 내생각 따위는 안중에 없다는 듯 혼자 중얼거렸다.

밧줄을 허리에 감고 스파이더맨처럼 빌딩 사이를 날아다닐 거다.

새처럼!

이 빌딩에서 저 빌딩으로.

형은 벌써 스파이더맨이 된 것 같았다.

쓩~!

사람이 어떻게 스파이더맨이 돼!

현실을 깨우쳐 주기 위해 결국 내가 한마디 했다.

그러니까, 고층 건물 유리창 닦는 일을 한다는 거다.

그럴 때 보면 형은 정말 어이없다. 내가 나서지 않을 수 없었다.

스파이더맨은 유리창 같은 거 안 닦아!

그런가?

그래!

그럼 유리창 닦는 최초의 스파이더맨이 될 거다.

아무튼 형은 '맨'을 좋아했다. 스파이더맨, 아이언맨, 울트라맨……. 뭐, 나 또한 맨들을 좋아하니 그 일로 형을 나무라진 못하겠다. 하지만 나는 형처럼 진짜 스파이더맨이 되겠다고 장래 계획을 잡지는 않는다. 스파이더맨을 연기하는 배우가 되겠다면 모를까.

형과 미래를 이야기하다 보면 머리가 지끈거렸다. 아무리 말려도 결국 자기 하고 싶은 일을 하겠다는 거니까. 형은 하고 싶은 것도, 되고 싶은 것도 많다는 게 가장 큰 문제다.

배가 고프지 않아도 뭘 좀 먹어야 잠들 수 있다. 형이 없을 때는 더 그랬다. 마음이 채워지지 않으면 배라도 채워야 잘 수 있는 건 누구나 마찬가지다. 햄버거 포장을 벗기자 미지근한 냄새가 났다. 빅맥과 감자튀김은 버드도 좋아한다. 고소한 감자튀김 냄새는 온 동네를 쏘다니던 버드마저 불러들인다. 눈을 감고 숫자를 셌다. 하나 둘 셋…… 열둘…… 스물하나…….

야아옹~.

버드가 나타났다. 하지만 나는 금방 문을 열어 주지는 않았다. 약간 뜸을 들였다. 버드를 길들이려는 나만의 방법이었다. 그래야 버드가 집 주변을 떠나 먼 동네까지 나다니지 않을 것이다. 버드는 광장까지 나다니는 놈이니까. 집에서 광장까지는 언덕을 내려가야 하고, 차들이 사정없이 달리는 도로를 건너야 한다. 어쩌면 버드는 겁 없이 철로 위를 가로질러 다닐지 모른다. 생각만 해도 위험하다. 그러니 길들여야 했다. 집 주변에서만 놀도록. 형이 나한테 하듯이.

멀리 나다니지 마라!

형은 잔소리했다.

알았어!

나는 이렇게 대답하고는 마음껏 나다닌다.

야옹!

버드도 나처럼 대답만 하고 자기 마음대로 나다닐 게 뻔했다.

버드가 문 긁는 소리가 나자 나는 아주 천천히 일어나서 못마땅하다는 듯 슬쩍 열어 주었다. 뭐든 자기 마음대로 쉽게 되지 않는다는 것을 가르쳐 주기 위해서지 버드를 안달하게 하려는 생각은 절대 아니다.

버드와 나는 광장 계단에서 만나 친구가 되었다. 버드를 광장에서 만난 날은 진짜 더위가 뭔지 화끈하게 보여 주는 한여름 밤이었다. 그날도 광장에서 아이언맨을 기다리다가 돌아가는 길이었다. 계단을 오르고 있는데 계단 저 위에서 버드가 나를 내려다보고 있었다. 거리가 가까워져도 도망가지 않고 식빵 굽는 자세로 앉아서 나를 보았다. 눈까지 깜박이면서. 나는 길고양이를 어떻게 다뤄야 하는지 좀 안다. 길고양이가 먼저 눈을 깜박이면 무조건 같이 눈을 깜박여 줘야 한다. 그러지 않으면 고양이들은 상처받는다. 그래서 나도 눈을 천천히 깜박이면서 계단을 올라갔다.

이윽고 내가 고양이 곁을 지나가자 그제야 일어나더니 이번에는 내 뒤를 따라왔다. 나는 이놈이 배가 고픈 나머지 내가 들고 있는 햄버거가 탐나서 나를 따라오는 줄 알았다. 그래서 햄버거 덮개 빵을 던져 주었다. 그러자 냉큼 받아서 다먹고는 다시 나를 따라왔다. 이번에는 햄버거 깔개 빵을 던져 주었다. 이번에도 냉큼 먹고 또 따라왔다. 어쩌면 가는 길이 같을지도 몰랐다. 나는 패티만 남은 햄버거를 먹으면서 걸었다. 빵이 빠진 햄버거는 생각보다 맛이 없다.

야옹.

고양이가 불렀다. 그래서 나는 입 안에 막 욱여넣으려던 고기 패티를 반으로 뚝 잘라 던져 주었다. 그로써 놈이 나에게 따라붙을 이유가 더는 없었다. 그런데 놈이 담벼락 위로 훌쩍 뛰어올랐다. 그러고는 담을 타고 계속 나를 따라왔다. 마침내 내가 사는 골목 근처에 이르러 담이 끝나자 녀석이 몸을 한껏 웅크리더니 다음 순간 위로 날아올랐다.

훌쩍.

그처럼 길고 가볍게 이쪽 담에서 저쪽 담으로 넘어가는 고양이를 나는 여태껏 본 적이 없다. 커다란 날개를 활짝 펼치고 날아오르는 새 같았다.

후아!

그러니까 버드는 날 줄 아는 고양이였다. 그건 아마 버드의 비밀일 것이다. 버드는 자기 비밀을 나한테 보여 준 것이다. 내가 아이언맨을 기다린다는 걸 알아보고 자기 비밀을 밝힌 거다. 버드에게는 날 줄 안다는 사실이 내가 매일 광장에서 아이언맨을 기다린다는 사실과 마찬가지로 비밀일 것이다. 그러니까 버드와 나는 비밀을 공유한 사이가 되는 것이다.

넌 이제부터 버드야!

야옹.

잊지 마!

야옹!

그 이름 내가 지어 준 거.

내가 버드 뒤통수에 대고 소리 질렀다.

이제부터 친구라는 뜻이야!

야아옹~.

버드가 알겠다는 듯 길게 답하고는 어둠 속으로 날아 들어가 버렸다.

나는 버드의 비밀을 아무한테도 말하지 않았다. 사람들이 알게 되면 날아다니는 능력이 있는 길고양이가 어떻게 될지 뻔하다. 〈세상에 이런 일이〉, 〈동물농장〉 같은 텔레비전 프로그램에 나오게 한 다음 행사에 끌고 다니면서 돈벌이에 이용할지도 모를 일이다. 형이 말했다시피, 돈벌이가 된다면 세상은 버드의 영혼을 꺼내려고 들지도 모른다. 그렇다면 내가 버드의 인생을 망쳐 놓는 건데, 그건 자기 비밀을 보여 준 친구한테 할 짓이 아니다.

형과 단둘이서만 살게 된 건 일곱 살 때였다. 그때 형은 열다섯이었다. 형과 내가 둘이서만 이 방에서 살기 전에는 신도시 아파트에서 살았다. 그때는 아버지가 있었다. 그전에는 엄마도 있었다. 엄마에 관해서라면 나는 별로 할 말이 없다. 엄마는 내가 다섯 살 때까지 함께 살았는데, 내 기억에 남아 있는 엄마는 진짜가 아니라 환상이라고 형이 귀가 따갑도록 잔소리를 했다.

환상을 진짜인 것처럼 말하면 거짓말이 된다!

형이 그랬지만 나는 내 환상보다 형 말을 더 못 믿었다. 내 환상 문제 외에는 형 말을 거의 다 믿었다.

형 말에 따르면 아버지는 우리와 함께 살 수 없는 사정이 있다고 했다. 그때 나는 어려서 아버지가 어떤 사정 때문에 우리와 함께 살 수 없게 됐는지 자세히 알 수 없어 답답했다. 그래서 나는 상상을 시작한 것이다. 상상은 옆방 누나가 알려 준 방식이었다. 옆방 누나는 우리 형과 마찬가지로 살아가는 여러 가지 방식을 알고 있는데, 그중에서 상상은 내가 가장 쉽게 따라 할 수 있는 방식이었다.

상상이라도 해서 지나간 일을 그럴듯하게 구축해 둬야 미치지 않고 살아 나갈 수 있다!

그렇게 가르쳐 준 옆방 누나는 '왕년' 이야기를 자주 했는데, 왕년에 누나는 대학에 다녔다고 한다. 그 때문인지 누나는 어려운 단어를 사용해서 말하는 것을 좋아했다. 나는 그 점이 좋았다. 내 주변에서 어려운 단어를 사용해 가며 말하는 사람은 그 누나뿐이었다.

사정을 모른다고 현실을 없는 일처럼 비워 두면 인생도 텅 빈 것이 된다.

이 말도 옆방 누나가 들려주었다.

인생을 텅 빈 구멍으로 만드는 것보다 상상이라도 해서 채워 두는 편이 훨씬 안전하다.

이 말도 옆방 누나가 해 줬다.

왕년엔 나도!

옆방 누나가 술에 취하면 말하는 그 '왕년'이 바로 술 깼을 때 말하는 '그럴듯하게 구축해 둔 인생'이라는 것 정도는 나도 알아들었다. 그래서 나도 시간 날 때마다 내 왕년을 멋지게 구축해 두려고 상상을 했다.

나는 아버지가 나 혼자는 도저히 갈 수 없는 먼 도시에서 예쁜 아줌마와 살고 있는 것으로 상상해 두었다. 그편이 아버지한테도 좋고, 또 그래야 아버지가 우리를 찾아오지 않는 이유로 근사할 것 같았다. 그렇지만 '언젠가 그 예쁜 아줌마가 지겨워지면 우리를 찾아올지도 모른다.'로 정해 두었다.

그렇지, 형?

내가 다그치면 형은 꼭 산통을 깼다.

기대하진 마라.

형이 이모한테 들은 말에 따르면 엄마는 아주 먼 데서 살고 있다. '언제 한번 형 몰래 혼자 찾아가 볼까?' 생각했지만, 진짜 찾아 나선 적은 없다. 그래서 나는 엄마에 관해서도 상상만 했다. 하지만 엄마에 대한 상상은 아버지에 대한 상상만큼 딱 정해지지 않았다. 늘 바뀌고, 끝에 가서는 복잡해지고 말았다. 아무튼 엄마에 대한 상상은 여간 골치 아픈 게 아니다.

형은 가끔 엄마를 두고 '그 여자'라고 해서 내 속을 뒤집어 놓았다.

그 여자는 행복하니까 걱정하지 마라!

형은, 엄마는 엄마 가족이 따로 있다고 했다. 아기도 있고, 아저씨도 있다고 했다. 그래서 전화 같은 걸 하면 엄마가 몹시 곤란해지기 때문에 아예 전화번호를 모르는 편이 낫다고 했다. 그래도 나는 엄마한테 전화해 보고 싶다고 했다. 그러자 형은 엄마라는 존재는 함께 살면 실은 아무것도 아니라고 했다. 성가시고 불편하기만 할 뿐이라고 말이다. 만일 엄마와 함께 살았다면 내가 밤늦게까지 광장에 나가 밤바람을 쏘이는 일은 절대 못 할 거라고 했다. 버드를 방에 데리고 사는 건 꿈도 꾸지 말라고 했다.

다른 건 몰라도 광장에 못 나가게 하거나 버드를 쫓아낸다면 견디지 못할 것 같았다. 밤에 혼자 방에 있는 것은 생각만 해도 숨이 막혔다. 그래서 광장에 나가는 것이다. 그런데 거길 못 나가게 하다니. 버드 역시 마찬가지다. 버드가 없으면 나는 날마다 기침을 달고 살 것이다. 사람들은 길고양이 때문에 기침이 난다고 하지만 나는 버드가 없으면 기침이 난다. 나에게 기침은 폐의 문제가 아니라 마음의 문제니까. 광장이나 버드를 생각하면 엄마와 함께 살지 않는 게 다행이라는 생각도 들었다.

이렇게 살게 된 건 다 내 덕인 줄 알아라!

나도 형 말을 다 믿을 만큼 바보는 아니었다. 하지만 형과 내가 둘이서 자유롭게 살 수 있는 건 형 덕분이라고 생각했다.

함께 살지는 않아도 엄마나 아버지가 아예 없는 것보다는 있는 게 나았다. 그리고 또 엄마나 아버지가 행복하게 사는 게 불행하게 사는 것보다 나았다. 우리 넷이 함께 살면서 행복할 수 없다는 게 이상하긴 하지만. 가끔 엄마나 아버지가 행복하게 사는 상상을 하면 나까지 행복한 기분이 들기도 한다. 그러나 그런 기분은 오래가지 못했다. 상상이라서 그랬을 것이다.

아무리 자유롭게 사는 게 좋아도 엄마나 아버지가 보고 싶을 때는 어쩔 수 없었다. 그러면 나는 광장으로 달려 나갔다. 광장을 한바탕 쏘다닌 후에도 보고 싶다는 생각이 사라지지 않는 날이 있다. 그런 날이면 나는 형한테 조른다.

아버지 찾으러 갈 때 나도 데려가!

그러면 형은 항상 이렇게 대답한다.

열다섯이 될 때까지 기대하지 마라!

그래서 나는 나의 오 년을 다른 누구에게 팔아 버리고 싶었다. 팔아 버리고 단숨에 열다섯이 되고 싶었다. 단돈 만 원이라도 좋았다. 하지만 내 오 년을 사겠다는 사람이 아무도 없었다. 옆방에 사는 누나도 내 시간은 필요 없는 모양이었다. 그 누나가 내 오 년을 사면 딱 좋을 것 같은데. 그러면 어려 보이기 위해 화장을 그렇게나 요란하게 하지 않아도 될 것 같은데. 볼에 주사 맞으러 돈만 생기면 가지 않아도 될 것 같은데. 하지만 싫다면 할 수 없지, 뭐.

아무튼 아버지는 너무 멀리 살고 있는 데다 예쁜 아줌마가 붙잡고 있어서 오지는 못하지만 생활비는 보내 준다고 형이 말했다. 따지자면 형과 나는 아주 불쌍한 처지는 아니다. 일 년에 몇 번 엄마 대신 이모가 오고, 생활비도 온다니까. 그런데도 나는 엄마와 아버지와 함께 살던 때를 혼자 가만히 생각하면 눈물이 났다. 몰래 울다가 형한테 들킨 적이 있다. 그때 형은 돌아서서 이렇게 말했다.

지나간 일은 원래 뭐든 눈물 나게 그리운 거다, 씨발.

이런 말도 했다.

어른이 되려면 웬만해선 울면 안 된다!

또 이런 말도 했다.

아무리 울어도 지난 일은 돌아오지 않는다.

큰소리쳐 놓고 형도 울다가 나한테 들킨 적이 있다. 형이 우는 모습을 본 뒤로 내 눈물은 형 보는 데서는 잘 나오지 않는다. 형의 눈물은 나처럼 징징거리는 눈물이 아니라, 혼자 꾹 참다가 내가 자는 줄 알고 혼자 흘리는 눈물이었다. 그런 형 앞에서 징징대는 눈물은 아홉 살 때까지가 다였다. 하지만 나 혼자만 있을 때는 눈물이 제멋대로 흘러내리게 내버려 두었다.

7

이틀이면 올 줄 알았던 형이 사흘이 지나도 안 왔다. 흔한 일이라서 크게 걱정하지는 않았다. 그냥 기다리면 되었다. 나는 기다리는 일에는 이골이 났다. 나는 매일 기다린다. 형과 둘이 살게 된 뒤로 기다리는 일만큼은 자신 있었다.

이번엔 시간 좀 걸린다.

형이 그런 말을 할 때가 제일 불안했다. 손가락만 한 플레이모빌 아이언맨이 지구를 한 바퀴 돌고 오겠다는 것처럼 아슬아슬했다.

시간 좀 걸린다.

형이 그렇게 말하고 아이언맨을 찾으러 가면 길어야 이틀 걸린다. 그런데 전에 좀 이상한 날이 있었다. 그날도 형이 아이언맨을 찾으러 가는 날이었다. 형은 서울역 광장에 들락거려도 백화점 안으로 들어가는 일은 없었다.

거긴 들어가지 마. 눈만 버린다!

그랬는데 그날은 형이 나를 데리고 백화점 안으로 들어갔다. 나야 백화점 안은 훤했다. 형 몰래 백화점에 자주 들어갔으니까. 거기 들어가는 이유는 별거 없다. 광장만으로는 지루하기 때문이다. 백화점에서 일하는 누나들도 형보다 내가 더 잘 알고, 화장실이 어딘지는 눈 감고도 안다.

그렇지만 형이 나를 백화점에 데려갔을 때는 모르는 척했다. 백화점 누나나 아줌마들이 아는 척 눈인사를 보내도 외면했다. 어쩌면 형은 누나나 아줌마들이 자기한테 호감을 보이는 줄 알았을지도 모른다. 하긴 형은 좀 멋있다. 물론 대화를 나누기 전까지다. 일단 말을 트면 형은 욕부터 한다. 형한테는 "씨발!"이 인사다.

오해할까 봐 말하는데, 형은 거칠긴 해도 나쁜 놈은 아니다. 형이 나쁜 놈이었다면 나를 삼 년이나 부양하지 못했을 것이다. 초등학교 입학식에 함께 가 준 사람도 형이고, 엄마나 아버지 대신 담임 선생님을 만나 준 사람도 형이고, 자기 자신을 지킬 힘이 생길 때까지는 죽자고 학교에 다녀야 하고 무엇보다 책을 많이 읽어야 한다고 잔소리해 주는 사람도 형이고, 소풍 날 바나나우유와 삼각김밥을 챙겨 주는 사람도 형이고, 위험한 일이 닥쳤을 때는 어떻게 해야 하는지 매뉴얼별로 알려 준 사람도 형이다. 그래서 나는 형이 인사를 '씨발'로 하건 말건 상관 안 한다.

그날 백화점에서 형은 티셔츠와 바지를 사 주고, 햄버거 세트를 두 개나 사서 안기고, 만 원짜리도 몇 장 줬다.

돈은 무조건 아껴라!

그래 놓고는 일주일이나 집에 오지 않았다. 아이언맨을 찾으러 다녀오는데 일주일이나 걸린 적은 그때가 처음이었다.

그렇지만 지금은 사정이 달랐다. 이번엔 형이 이상한 짓을 한 게 아무것도 없다. 돈도 만 원밖에 안 줬다. 그러니까 곧 올 것이다.

무엇보다 돈을 만 원밖에 안 줬다는 것은 금방 온다는 말이다. 불안할 이유가 없다. 나는 돈 만 원의 의미에 매달렸다. 그건 금방 온다는 뜻이니까. 그러니까 걱정할 필요가 없다. 하루만 더 혼자 자면 형이 올 것이다.

아침이면 서둘러야 했다. 학교에 가야 했다. 내가 초등학교에 다니는 학생이라는 것이 나의 사회적 신분이라고 형이 알려 줬다. 학생이라는 신분이 있어야 안전하다고 했다. 보호자도 없는 마당에 학교마저 다니지 않으면 완전 거지 취급 받는다고 했다. 거지라서 문제가 아니라 거지가 되면 아직 어린 내가 위험해지는 게 문제라고 했다. 형만큼 자랄 때까지는 학생 신분을 지니고 있어야 그나마 안전하다고 했다. 그래서 나는 학교는 죽어라 나갔다.

형이 왔을까? 아직 안 왔을까?

굴러다니는 페트병이나 공연히 탁, 차면서 집으로 오는 길이었다. 골목에서 버드와 눈이 딱 마주쳤다.

아옹.

형 왔냐?

아옹.

버드가 그런 소리를 내는 걸 보니 형이 와 있다는 뜻이었다. 가만두지 않을 것이다. 나 혼자 두고, 저 혼자 며칠이나 돌아다니다니. 돈도 만 원밖에 안 줬으면서. 문을 벌컥 열었다. 형은 아니고 이모가 와 있었다.

형과 나 둘이 살게 된 뒤로 이모가 가끔 왔다. 내가 아홉 살 때까지만 해도 이모는 한 달에 한 번 정도 와서 청소를 해 주고 여러 가지 반찬을 냉장고에 넣어 두고 갔다. 내가 열 살이 되면서부터 오는 횟수가 점점 뜸해지더니 이번엔 거의 석 달 만에 왔다.

전에는 이모가 오면 나는 이모 뒤를 졸졸 따라다녔다. 이모한테서 엄마 느낌을 받을 수 있지 않을까 기대했다. 하지만 결국 이모는 이모고, 엄마는 엄마라는 걸 깨달았다. 그래서 언제부터인지 이모가 와도 뒤를 따라다니지 않았다.

야, 버드.

나는 공연히 문밖을 향해 소리 질렀다.

아아웅.

버드가 멀어져 갔다. 이모는 버드를 싫어했다. 더러운 길고양이를 집 안에 들이지 말라고 올 때마다 잔소리였다. 버드도 눈치가 빨라서 이모만 오면 도망 다녔다. 자기 몸뚱이 하나 감추려고 이만저만 애쓰는 게 아니다.

쯧.

괜히 화가 났다. 형이 안 와서가 아니라 이모가 와서 화가 났고, 버드가 이모 눈을 피해 도망 다녀서 화가 났다. 내가 기대한 사람은 형이었는데, 기대하지 않은 이모가 와서 화가 났다.

형과 처음 둘이 살기 시작했을 때는 이모한테 뭔가 기대했다. 날마다 이모를 기다렸다. 이모가 오면 엄마 이야기를 물어볼 수 있었다. 엄마는 너무 바빠서 전화조차 받을 수 없다고 했으니, 이모한테 물어볼 수밖에 없었다. 그러면 이모는 귀찮아 죽을 지경이면서도 이런저런 이야기를 해 주기도 했다. 이모 이야기 속에서 엄마가 언제 우리를 보러 올 시간이 날지, 언제 우리와 함께 살 수 있게 될지 실마리를 찾으려고 했다.

　그때 일을 생각하면 창피하다. 내가 자존심 상하는 일을 너무 많이 한 것 같다. 엄마는 절대 우리와 함께 살아 주지 않을 텐데, 나는 바로 그것을 기대했다. 그 기대 때문에 이모를 너무 귀찮게 한 것이다. 이모 말에 따르면 엄마는 형과 내가 멋진 어른이 되기를 바란다고 했다. 그러니까 엄마는 우리와 함께 살아 주지도 않으면서 형과 내가 멋진 어른이 되기를 기대한다는 말이다.

　아홉 살 때만 해도 나는 엄마나 아버지 없이는 어른이 될 수 없을 것 같았다. 그렇지만 이젠 다 지난 이야기다. 형만 해도 엄마나 아버지 없이 어른이 되었다. 이제는 엄마가 함께 살자고 해도 불편할 것 같다고 한다. 한때 내가 엄마 때문에 이모한테 징징거렸던 걸 생각하면 창피할 뿐이다.

　이모부는 잘 있어?

　나는 속으로는 '엄마 잘 있어?' 하면서 겉으로는 이모부가 잘 있느냐고 물었다.

　너희 걱정 많이 해.

　이모 역시 내 속마음을 알고 있었다. 그러니까 이모가 너희 걱정 많이 한다는 사람은 엄마라는 말이다. 하지만 나는 이모 말을 믿지 않았다. 엄마가 우리 걱정을 할 리 없었다. 정말 걱정한다면 이모를 대신 보내지 않을 것이다. 직접 올 것이다. 그러니 이모의 저 말은 거짓말이다.

형은 선의의 거짓말이라도 거짓말은 거짓말일 뿐이라고 했다. 선의의 거짓말이 나쁜 이유는 실제를 보지 못하게 가리기 때문이라고 했다. '눈 가리고 아웅' 하는 것은 끝에 가서는 완전한 절망을 맛보게 하기 때문에 '더 지랄맞은 거'라고 했다.

형과 나 둘이 살게 되었을 때 이모는 조금만 참고 살다 보면 좋은 날이 올 거라고 약속했었다. 조금만 참고 살라 했는데 삼 년이 흘러 버렸다. 그사이 형은 어른이 되었고, 나는 열 살이 되었다. 어른은 엄마와 함께 살 필요가 없다.

형은?

이모가 형 소식을 물었다.

바빠.

이모가 한숨 쉬는 모습은 정말 보기 싫었다. 나는 가방을 던져 놓고 골목으로 뛰어나갔다.

어디 가?

바빠.

이모한테 형이 아이언맨을 만나러 갔다고 말하고 싶지 않았다. 이모는 아이언맨이 누군지 모른다. 이모는 은유를 모른다. 정확하게 꼭 집어 말해 줘야 아는 사람이다. 그런데 나는 아이언맨을 정확하게 꼭 집어 말할 자신이 없다. 형도 자기가 아이언맨을 만나러 가는 것을 이모한테 말하지 말라고 했다. 만약 내가 아이언맨이 누군지 이모한테 말한다면, 그래서 형이 가끔 아이언맨을 찾으러 가는 것을 안다면, 이모는 두 번 다시 우리를 찾아오지 않을지도 몰랐다. 이모는 아이언맨을 믿지 않는 사람이다. 아이언맨이 나오는 영화를 허무맹랑한 영화일 뿐이라고 생각하는 사람과는 더 말하고 싶지 않았다.

9

광장 계단 위에 앉아 있었다. 형은 안 오고, 이모가 와 있는 날은 사람들 관심도 귀찮다. 그래서 나는 계단 위에 가만히 앉아 사람들 구경만 했다. 혹시나 형이 계단을 올라오지 않을까 기대하면서.

멀리 귀차니 아줌마와 유아차가 보였다. 나는 천천히 계단을 걸어 내려갔다. 아줌마도 나를 발견한 모양이었다. 서서히 내가 있는 쪽으로 유아차를 밀었다. 귀차니 아줌마와 나는 광장 한가운데서 마주 섰다.

아줌마.

내가 불렀다.

아줌마가 나를 보기는 보는데, 딱히 나를 보는 눈은 아니었다. 아줌마 눈은 항상 광장 너머 저 어딘가를 향한다. 아줌마 시선이 광장 저 멀리 어딘가를 향할 때는 곁에서 폭탄이 터져도 그냥 그대로 서 있을 것 같다. 어떤 사람이 그런 아줌마를 두고 '얼빠진 년'이라고 했지만 나는 사차원으로 놀러 간 거라고 생각했다. 내가 갑갑한 집 안에 있지 않고 광장으로 나오듯 아줌마는 답답한 몸에서 정신을 내보내는 거라고 말이다.

형 생각은 나랑 좀 달랐다. 형은 아줌마 눈을 두고 보통 사람이 평생에 걸쳐 천천히 겪을 끔찍한 일들을 단 한 순간에 몽땅 겪은 경우이기 때문에, 이제 이 세상에서 더는 놀랄 일이 없는 바로 그런 눈이라고 했다.

아줌마!

아줌마는 대답 따위 하지 않는다. 아줌마는 귀찮은 것이다. 내가 "아줌마." 하고 불러도 귀찮고, 누가 햄버거를 사 주면서 이것저것 묻는 것도 귀찮고, 사진 찍히는 것도 귀찮고, 말 거는 것도 귀찮고, 도와주겠다는 사회 복지사들도 귀찮고, 세상만사가 다 귀찮은 거다.

아줌마는 왜 다 귀찮아요?

물어본 적이 있었다. 그때 아줌마가 그랬다.

귀찮으니까.

말이 퉁명스럽지만 그래도 나는 귀차니 아줌마가 반갑다. 광장에 나오면 아줌마를 볼 수 있어서 더 반가웠다. 정기적으로 볼 수 있는 사람은 원래 정기적인 만큼 정들기 마련이라고 형이 말했지만, 형 말에는 뭐가 빠졌다. 그러니까 형 말에는 마음이 빠져 있다. 하긴 형은 아줌마와 정기적으로 만나는 사이가 아니니까 냉정하게 말할 수 있다.

밥 먹었어요?

아줌마와 만나면 나는 밥 먹었는지부터 묻게 되었다. 아마도 그날부터였을 것이다.

*

두 달쯤 전이었다. 그날도 형이 아이언맨을 찾으러 가고 없었다. 그런 날은 정말 밤늦게까지 광장이나 역 대합실에서 시간을 보냈다. 밤이 깊어 대합실에 사람이 뜸한 시간이었다. 귀차니 아줌마가 쓰레기통 안에서 뭘 찾고 있는 게 보였다. 아줌마는 멀리서 봐도 금방 눈에 띄기 때문에 나는 아줌마를 향해 뛰어갔다. 아줌마는 내가 옆에 와 있는 줄 아는지 모르는지 쓰레기통을 뒤지는 데만 열심이었다.

뭐 찾아요? 뭔데요?

같이 찾아 주려고 나도 쓰레기통 안을 들여다보았다. 그
때 아줌마가 쓰레기통에서 비닐봉지 하나를 들어 올렸다.

뭐예요?

아줌마는 비닐봉지를 툭, 툭, 털고 나서 그 안을 들여다보
았다.

저리 가자.

아줌마가 비닐봉지를 유아차 손잡이에 걸고 나를 재촉했
다. 나는 아줌마가 유아차를 밀고 가는 쪽으로 따라갔다. 아
줌마와 나는 대합실을 빠져나가 광장 계단 아래에 유아차
를 세워 두고 계단에 앉았다. 아줌마가 비닐봉지 안에서 이
것저것 꺼내 무릎에 올려놓았다. 햄버거와 감자튀김이었다.
콜라도 있었다. 유아차에 앉아 있던 아기가 손을 뻗었다. 아
줌마는 일단 아기 입에 감자튀김 하나를 물려 주었다. 그러
고는 햄버거 포장을 벗겼다. 햄버거는 두 개였다. 한 개는
반쯤 먹던 거였고, 한 개는 멀쩡했다.

아줌마.

왜.

쓰레기통에서 주워 먹으면 안 돼요.

왜?

아줌마가 햄버거 패티를 씹어 아기 입에 넣어 주면서 되

물었다.

누가 먹다 버린 거잖아요.

아줌마가 나를 빤히 바라보았다. 나도 아줌마 눈을 보다가, 그만 나도 모르게 불쑥 이렇게 말하고 말았다.

나도 한 입만 줘요.

내가 한 입만 달라고 하자 아기도 계속 입을 벌렸다. 아줌마가 멀쩡한 햄버거를 반 뚝 잘라서 나에게 줬다. 아줌마는 손에 묻은 소스를 빨면서 나를 바라봤다. 나는 보란 듯이 한 입 덥석 잘라 먹었다. 돈 주고 사 먹는 햄버거나 아줌마가 쓰레기통에서 공짜로 꺼내 온 햄버거나 뭐 다를 게 없었다.

맛은 똑같네요.

내가 말하자 아줌마가 갑자기 주변을 살폈다.

비밀 하나 가르쳐 줄까?

뭔데요?

밤늦은 시간이 되면 사람들은 먹을 걸 사서 많이 버려.

왜요?

몰라. 밤이 너무 늦어서 먹기 싫은 모양이지.

그럴 걸 왜 사요?

몰라. 사고는 싶은 모양이지. 또 있어.

뭔데요?

저기 햄버거 가게 말이야.

맥도날드요?

아니. 계단 아래 새로 생긴 데.

아, 거기. 왜요?

문 닫을 때 남은 거 상자에 내다 놔. 먼저 차지하는 게 임
자야. 그 집 햄버거가 더 맛있어. 그런데 안 남을 때가 많아.

조심해야 돼요.

뭘.

병 생길지도 몰라요.

안 생겨.

쓰레기통에서 주운 햄버거를 먹어도 정말 병은 생기지 않
았다. 그 이튿날 설사도 하지 않고 열도 나지 않았다. 하지
만 아줌마가 저녁밥을 그런 식으로 해결한다는 것을 그때
처음 알았다.

밥 먹었어요?

그날 이후로 아줌마를 만나면 그렇게 물었다.

먹었어. 넌?

나도요.

귀차니 아줌마와 나는 유아차를 밀면서 광장을 천천히 돌
아다녔다. 아기가 유아차에서 잠들면 아줌마는 유아차를 밀
고 광장 이쪽 끝에서 저쪽 끝으로 왔다 갔다 했다. 그래야
아기가 요람에서 자는 것처럼 편하게 잠들 수 있다고 했다.

그러는 사이 깜깜해졌다. 형은 오지 않고, 이모는 갔을 것이다. 이 시간까지 이모가 있을 리 없었다. 이모는 오면 할 일만 하고는 서둘러 갔다.

가야겠어요.

응, 가.

이모가 갔을지도 몰라요.

내가 잡고 있던 유아차 손잡이를 아줌마가 빼앗아 잡았다. 나는 계단 위를 향해 뛰었다. 이모가 아직 안 갔으면 어떻게 해야 할지 고민했다. 아까 낮에 좀 다정하게 대해 줄걸 그랬다. 그랬으면 이모가 더 자주 올 수도 있을 텐데. 그랬으면 이모가 엄마한테 가서 내가 멋지게 자라고 있다고 전해 줄 수도 있을 텐데. 나는 언제나 성질대로 하고 나서 후회한다.

이모가 다녀가고 나면 집이 좀 달라져 있었다. 냉장고 안은 냉장고답게, 서랍장 안은 서랍장답게, 방은 방답게, 화장실은 화장실답게, 싱크대는 싱크대답게 되어 있다. 그리고 건조대에 빨래가 잔뜩 널려 있다. 하지만 방문을 열었을 때 곰팡이 냄새가 나는 건 이모도 어쩔 수 없다.

싱크대 맨 아래 서랍에는 이모가 넣어 둔 돈 봉투가 있을 것이다. 정확하게 말하자면 엄마가 이모를 통해 보낸 돈이다.

이모는 걸핏하면 이랬다.

엄마는 형과 네가 훌륭하게 자라 주길 바란다.

그래서 가끔 돈도 보내는 거라고 했다. 아무튼 싱크대 서랍 맨 아래 칸이 이모와 나와 형만 아는 비밀 장소였다. 서로에게 전해 줄 중요한 물건은 그곳에 넣어 두면 알아서 각자 챙겼다. 열쇠나 알림 쪽지 같은 것. 형이 쪽지를 남긴 적은 없다. 가끔 돈이나 좀 넣어 두었다. 이모는 올 때마다 이래라저래라 잔소리가 잔뜩 적힌 쪽지와 돈 봉투를 넣어 두었다. 형은 어땠을지 모르겠지만 나는 이모 쪽지를 무시한 지 한참 되었다. 서랍을 열어 볼까, 말까, 망설이다가 그냥 두었다.

10

이제부터 방학이다. 어쩌면 집에 형이 와 있을지도 모른다. 그러면 나는 형이 지금까지 나 혼자 두고 쏘다닌 것에 대해 한마디도 하지 않을 것이다. 몽땅 다 용서해 줄 생각이다. 그러니까 내가 이런 마음이 들었을 때 오는 게 형한테 좋다! '그렇지, 형?' 나 혼자 공연히 들떠서 집을 향해 달렸다. 형이 와 있을 것만 같았다.

*

전에 언젠가 형이 아이언맨 찾으러 갔을 때였다. 내가 학교에서 돌아와 방문을 벌컥 열고 들어갔더니 형이 침대에 누워 있었다.

왔냐?

형이 뒤척이면서 물었다.

문도 안 잠그고 뭐 해?

나는 반가운 마음에 잔소리 좀 해 줬다. 그런데 뭔가 이상했다. 형 몸에서 전과 다른 냄새가 났다. 나는 직감적으로 형한테 무슨 문제가 생겼다는 것을 알아차렸다.

싸웠어?

신경 꺼.

형이 신경 끄라면 꺼야 했다. 그때 형 몸은 엉망진창이었다. 얼굴엔 상처까지 있었다. 종종 싸우고 들어오긴 했지만, 얼굴에 상처가 나기는 처음이었다. 형은 얼굴과 머리 스타일에 꽤 신경 쓰는데. 걱정이 되었다. 만일 엄마나 아버지가 있었다면 잔소리 좀 크게 들었을 것이다. 나는 후시딘이라도 발라 줄까 생각하다가 그만두었다. 공연히 약 들고 설치다가 곤두선 형 신경을 건드리면 형이나 나나 피곤해지고 만다. 뭐, 긁힌 상처 정도야. 약은 좀 나중에 발라도 되지.

그런데 그날 내가 뭘 발견했는지 알면 놀랄 것이다. 책상 위에서 나를 기다리고 있는 양념통닭을 발견했다. 그날 양념통닭은 참 오랜만에 온 것이다. 그러니까 형이 모처럼 사 왔다는 말이다. 형이 야식 배달 알바 일에 한창일 때는 뭐든 자주 야식을 들고 왔다. 그런데 그날 통닭은 거의 한 달 만이라 더 반가웠다. 사실 매운 양념통닭이 풍기는 향기는 맥도날드 햄버거 냄새보다 한 차원 위다.

나는 알루미늄 포장지를 벗기고 먹기 전에 우선 냄새부터 들이마셨다. 고소하고 매콤한 냄새가 방 안에 가득 퍼졌다. 드디어 나무젓가락을 쪼개 한 조각을 막 집어 들려는 순간이었다.

야옹.

버드가 들어왔다. 버드도 양념통닭은 오랜만이다.

양양.

버드가 재촉했다. 사람들은 고양이 울음소리가 다 거기서 거기지 뭐가 다를까 생각하지만, 고양이 울음소리는 경우마다 다르다. 이건 고양이와 친구가 되어 보지 않은 사람은 모른다. 나는 양념통닭 몇 조각을 물에 씻어 버드 그릇에 먼저 담아 주었다. 그냥 주면 매워서 버드가 재채기를 하니까. 언젠가 버드에게 매운 닭꼬치를 줬더니 거의 하루 종일 재채기를 했었다.

끙.

형이 돌아누우면서 앓는 소리를 냈다. 형이 그런 소리를 내면 나는 더 이상 먹을 수가 없다. 형이 끙끙거릴 때 뭘 먹고 있으면 내가 마치 벌레가 된 기분이 들었다. 버드도 마찬가지였다. 형이 '끙' 하자 먹는 걸 멈추고 형을 쳐다보았다. 버드와 내가 먹는 일을 멈추었다는 것을 형도 알았다. 형은 다시 조용해졌다.

*

형이 돌아와 그날처럼 끙끙 앓는 소리를 내면서 침대에 누워 있을 것만 같았다. 형이 와 있다면, 형을 깨우지 않을 것이다. 형은 질풍노도의 시기가 끝나지 않아서인지, 잘 때 깨우면 불같이 화를 냈다. 전에는 그렇게까지 요란한 성격이 아니었는데, 커 가면서 점점 거칠어지는 듯하다. 아이언맨을 찾아다니면서부터는 더 심해졌다. 아무튼 나는 형을 깨우지 않게 조심할 것이다. 형이 와 있기만 하면 다른 건 아무 문제도 되지 않는다.

집 근처에 오니 버드가 골목 어디에 숨어 있다가 어슬렁거리며 나왔다.

야옹.

뭐라 뭐라 했다. 버드는 잔소리쟁이다. 내가 광장에서 늦게까지 있다가 오면 형처럼 야단치는 잔소리, 학교에 다녀오면 왔냐는 잔소리, 그 밖에 밥때가 늦었다는 잔소리……등등 잔소리가 이만저만 아니다.

그런데 이번 잔소리는 달랐다.

그러면 형이 왔다는 거다! 지난번에도 버드가 저런 잔소리를 했을 때 형이 와 있었다.

나는 방문을 벌컥 열었다. 그러나 방은 텅 비어 있었다. 더 살펴볼 필요도 없었다. 형이 있는 방과 없는 방은 냄새부터 다르다.

광장에나 가야겠다. 거기 가서 기다리다 보면 형이 올 것이다. 대합실 안에서 형을 기다리고 있자면 사람들이 물을 것이다.

누구 기다리냐?

그러면 나는 이렇게 대답해 줄 것이다.

아이언맨 기다려요.

형을 기다린다고 하지 않을 것이다. 그게 형에 대한 복수였다. 그러면 사람들이 웃을 것이고, 그러면 나도 웃을 것이다. 웃다가 위험한 기분이 들면 개다리춤을 출 것이다. 팔다리를 X 자로 지그재그로 흔들 것이다. 그러면 사람들은 더 크게 와하하 웃을 테고, 위험한 기분이라는 놈은 슬며시 내

뺄 것이다. 나에게 위험한 기분이란 엄마나 아버지 때문에 불쑥 눈물이 솟는 걸 말한다. 그런 놈이 내뺀다는 말은 눈물이 나려다 쏙 들어간다는 말이다.

아무튼.

광장에서 혼자 놀자면 몇 가지 놀이가 필요하다. 반복되는 시간을 견디자면 너무 따분하니까 이것저것 하면서 기다리는 게 낫다. 이를테면, 개다리춤을 춘다거나, 검은 선글라스를 쓰고 맹인 흉내를 낸다거나, 주운 석고를 팔 한쪽에 끼고 팔이 부러진 척하는 놀이다. 그러면 사람들 관심을 끌 수 있다. 사랑해 줄 사람이 없을 땐 모르는 사람의 관심이라도 필요하다. 그래서 나는 사람들 눈에 띄는 놀이를 일부러 할 때도 있다.

한 가지 주의할 점은 어떤 놀이를 하든 누구를 기다리는 분위기를 풍기는 것이다. 당장에라도 내가 기다리는 누가 와서 날 데려가 줄 것처럼 해야 한다. 사람들이 나를 보호자 없는 아이로 여기는 게 가장 위험하다고 형이 그랬다.

사람들 관심 좀 끌려면 불쌍해 보이는 놀이가 좋다. 불쌍하지만 구걸하는 걸로 보이지는 않게 하려면 기술이 좀 필요하다. 만일 내가 진짜 노숙자나 거지처럼 보인다면 사람들은 나를 보고 웃는 대신 경찰을 부를 것이다. 그래서 나를 눈에 띄지 않는 곳으로 치워 버리려 들 게 뻔하다.

전에 그런 아이를 본 적이 있다. 여자아이였는데, 꼬질꼬질한 게 거지라는 티가 확 났다. 형이 말했다시피 아이들한테는 보호자 없는 티가 나는 게 가장 위험하다. 그 여자아이는 결국 경찰 지구대 형들이 와서 데려갔다. 나는 경찰 지구대 형들을 좀 안다. 경찰 지구대 형들도 내가 거지가 아니라는 것을 안다. 그러니까 출동해도 나를 잡아가지 않겠지만, 나 때문에 형들을 번거롭게 만들기는 싫다. 아무튼, 나중에 언제 경찰 지구대 형들한테 그 여자애를 어디로 보냈는지 물어볼 생각이었다.

어쨌든, 사람들이 웃을 수 있게 하는 방법 중에 가장 손쉬운 방법은 갯벌을 걷는 것처럼 뒤뚱거리면서 걷는 거다. 운동화 바닥에 흡착력 강한 스티커가 붙어 있다고 생각하면 된다. 갯벌에서 발을 빼는 듯이 할 때마다 '뽁' '뽁' 소리도 내 주면 좋다.

뽁.

뽁.

뽁.

기차역 대합실은 훤하다. 눈 감고도 어디가 어딘지 안다. 맥도날드에서 배스킨라빈스까지 몇 걸음이면 갈 수 있는지도 안다. 내가 '뽁 뽁' 거리면서 걸어가면 사람들이 바라본다. 그러면 나는 사람들의 시선을 차곡차곡 모아 뒀다가 엄마나 아버지나 형의 사랑이 필요할 때 대신 꺼내 쓸 것이다. 다시 말하지만, 사랑이 없으면 관심이라도 받아야 산다.

그렇지만 이러니저러니 해도 개다리춤이 최고다. 형도 그랬다.

야, 다 시끄럽고 개다리춤이나 춰라!

멀리 귀차니 아줌마가 보였다. 나는 뛰었다. 온갖 물건을 주렁주렁 매단 유아차와 그 옆에 아기도 보였다.

아줌마!

아줌마가 나를 봤다.

우리 밥 먹으러 가요.

아줌마가 히죽 웃었다. 아줌마 웃음은 아무도 못 알아본다. 나처럼 정기적으로 만나고, 햄버거 나눠 먹고, 같이 유아차를 밀면서 광장을 쏘다녀 봐야 아줌마의 찌그러진 표정이 웃음인 줄 안다. 나는 아줌마 유아차에서 아기와 함께 잠을 자 본 적도 있기 때문에, 아줌마 진짜 사정은 몰라도 아줌마 감정은 알았다.

아줌마가 바리케이드를 붙들고 노는 아기를 불렀다.

야. 야.

아줌마는 이 세상의 복잡한 말을 가장 단순하게 할 줄 아는 사람이다. 누가 아줌마한테 두 마디 이상 하면 "귀찮아." 하거나 "씨발!" 하는 사람이니 그럴 만도 했다.

부르기는 아줌마가 불렀는데 정작 아기는 나에게로 왔다. 아기는 아줌마와 달리 잘 웃었다. '까르르, 까르르' 웃는데, 정말 귀엽다.

형은 귀차니 아줌마도 한때는 웃을 줄 아는 사람이었을 거라고 했다. 우리 형은 이 부근에서 일어난 일이라면 뭐든 속사정을 알고 있다. 형은 이 동네에서 온갖 배달 알바를 해 봤기 때문에 동네 정보망을 꿰고 있었다. 특히나 유아차 한 대에 전 재산과 아기를 싣고 광장에서 사는 귀차니 아줌마 같은 사람의 소문이라면 빠삭했다.

아무튼 형 말에 따르면 귀차니 아줌마는 예전에 이 근처 동네에 살던 누나였다. 아줌마 집에 치킨을 배달해 본 형 친구가 있다는 걸로 봐서 그 소문이 아주 헛소문은 아닌 듯하다. 귀차니 아줌마 이야기가 나올 때면 형은 다짜고짜 화부터 냈다.

그런 새끼는 죽어야 한다!

형은 동네 누나가 불과 이삼 년 만에 이상한 아줌마가 되어 서울역 광장 근처를 배회하며 살게 된 까닭이 아줌마 남편이었던 '그 새끼' 때문이라고 했다. 아줌마가 아기를 낳으려고 병원에 간 사이 '그 새끼'가 통장과 살림살이는 물론이고 전세금까지 빼서 도망가 버리지만 않았더라면 아줌마가 저렇게까지 되지는 않았을 거라고 했다. 아줌마가 병원에서 아기를 안고 집으로 왔을 때 방은 텅 비어 있었다고 한다.

집주인은 아줌마 남편 말만 믿고 전세금을 돌려주었는데 아줌마가 아기를 안고 나타나자 몹시 당황하고 미안해했다. 집주인이 미안한 마음에 아줌마를 당분간 옥탑방에서 살게 해 준 일을 온 동네가 고맙게 생각했다. 그 덕에 우리 형 같은 배달 알바들도 아줌마 소문을 알게 되었다.

귀차니 아줌마는 집주인이 임시로 빌려준 옥탑방에서 아기와 둘이 그 여름과 가을, 겨울 그리고 다시 봄 여름 가을 겨울을 보냈다. 동네 사람들이 돌아가며 먹을거리와 아기 기저귀 같은 것을 들고 아줌마 방문을 두드릴 때 말고는 아줌마는 방문조차 열지 않고 지냈다. 그 방은 집주인이 창고 겸용으로 쓰던 방이어서 아줌마보다 먼저 드나들던 길고양이들이 있었다. 아줌마는 동네 길고양이들과 함께 그 방에서 두 번의 겨울을 보냈다.

집주인은 아줌마가 아기와 함께 죽어 버릴까 봐 걱정했다. 그래서 하루에 한 번씩 옥상으로 먹을거리를 들고 올라갔다. 그런데 아줌마는 고맙다는 말도 죄송하다는 말도 하지 않고, 웃지도 않았다고 한다. 집주인은 전세금을 챙겨 도망친 아줌마 남편을 이리저리 알아보았지만 허사였다. 찾을 수 없는 곳으로 도망간 그런 인간은 굳이 힘들여 찾지 않는 편이 낫지 않겠냐는 이야기로 온 동네가 시끄러웠다.

그보다 더 지랄맞은 경우가 또 있겠냐?

형이 그랬다.

귀차니 아줌마는 열아홉 살 때 혼자 서울에 올라와 서른 넘을 때까지 직장 다니면서 꽤 많은 돈을 모았다는데, 남자를 잘못 만나 인생을 망친 재수 없는 경우라고 했다. 자기 아이를 낳으러 간 여자 돈을 몽땅 들고 튄 것으로 보아 아줌마 남편은 사기꾼에, 양아치에, 개차반이 분명하다고 했다. 집주인이 경찰에 신고까지 접수해 주었지만, 사기꾼 남편은 찾지 못했다.

집주인은 아기가 좀 더 자라 혼자 걸을 수 있을 정도가 되면 아줌마한테 직장을 구해 주겠다고 했다. 아줌마가 돈을 벌어 집세를 내고 아기를 키울 수 있도록 살기 괜찮은 방을 빌려주겠다고도 했다. 그런데 아줌마는 다 귀찮다고 했다.

또 교회 다니는 어떤 아줌마가 부업거리를 들고 귀차니 아줌마를 찾아간 적이 있었다. 부업이라도 해서 돈을 벌어야 아기와 살 수 있지 않겠느냐 설득하려 했지만 역시나 같은 말을 들었다.

다 귀찮다.

아무도 귀차니 아줌마를 어쩔 수 없었다. 그래서 이제는 집주인 쪽에서 귀차니 아줌마를 어떻게 해야 할지 몰라 곤란해졌다. 그래도 아줌마는 옥탑방을 떠나지 않았다. 그 방이 본래부터 자기 방이라는 듯이 눌러살았다. 직장도 구하지 않았다. 방 안에서 아기하고 둘이서만 지냈다. 아줌마가 굶어 죽거나 자살할까 봐 온 동네를 걱정시키면서 아줌마는 두 번째 봄이 올 때까지 옥상 아래로 내려오지 않았다. 그 사이 아기는 세 살이 되었고, 아줌마는 뚱뚱보가 되었다. 전에 아줌마를 잘 알던 사람들도 아줌마를 몰라볼 정도로 뚱뚱해졌다. 집주인 신고로 사회 복지사들이 몇 번 나와 아줌마를 만나 이런저런 설득을 하려 했지만 그때마다 아줌마 대답은 이거였다.

귀찮아요.

기다리는 사람이 있는 게지.

혹시 그 남편 기다리는 거 아닐까?

친척이나 부모라도?

서울 와서 쭉 이 동네에서만 살았다니, 여기 말고 다른 곳으로 갈 엄두를 못 내는지도 몰라. 그래서 여길 못 떠나는 걸 거야.

누가 찾아오기를 기다리는 게 맞아.

하지만 아기가 세 살이 되도록 귀차니 아줌마를 찾아온 다른 가족이나 친구는 없었다. 귀차니 아줌마가 창피해서 아무한테도 연락을 하지 않았다는 소문도 있지만, 우리 옆방 누나 생각은 달랐다.

　가난한 사람이 곤란해지면 가족도 친구도 더 멀리 도망치기 마련이다.

　귀차니 아줌마는 누가 버린 대형 유아차 한 대를 주워 몇 가지 물건을 주렁주렁 매달고 아기를 태워 광장에 나와서 살기 시작했다. 그러다가 가끔 옥탑방에 가서 잤다. 집주인은 귀차니 아줌마가 가끔 옥탑방을 사용하는 걸 알았지만 모른 체했다. 소란을 피우는 것도 아니고, 어차피 창고로 쓰는 방이고, 길고양이들도 자고 가는 방이었으니까. 집주인은 전세금을 엉뚱한 사람에게 돌려준 실수에 책임감을 느껴 아줌마를 감당하기로 했는지도 모른다고 형이 말했다.

　아줌마가 왜 다 집어치우고 광장에 나와 살기로 마음먹었는지는 아무도 모른다.

　언젠가 형은 이렇게 말했다.

　그 새끼 기다리는 거다!

　내 생각은 좀 달랐다. 나는 아줌마가 사기꾼 남편을 기다린다고 생각하지 않았다. 아줌마는 어쩌면 나처럼 아이언맨을 기다리는지도 몰랐다.

아줌마가 나한테 물어본 적이 있다.

광장엔 왜 매일 나와?

누구 기다려요.

형 기다려?

아뇨.

그럼 누구?

아이언맨 기다려요.

내가 그렇게 말했을 때 아줌마 눈이 처음으로 내 눈과 마주쳤다. 그때 아줌마 눈은 정확하게 반짝거렸다. 사차원으로 도망간 눈이 아니었다. 아줌마가 그렇게 말짱한 눈으로 나를 바라본 건 처음이었다.

야빠.

아기가 내 엉치에 매달렸다.

야빠.

아기는 나만 보면 야빠라고 했다. 아빠라는 말인지 오빠라는 말인지 잘 모르겠다. 어쨌든 아기가 불렀으니 대답해줘야 한다.

설렁탕 먹으러 갈까?

아기도 설렁탕이라는 말을 알아듣는다. 귀차니 아줌마도 아기도 설렁탕을 좋아한다. 나도 가끔은 설렁탕이 좋다. 내가 아플 때 형이 데려가는 설렁탕집으로 가자고 했다. 형은 아프면 설렁탕을 먹어야 한다고 어디서 배웠는지 모르지만 내가 아플 때면 꼭 그렇게 한다.

나한테 돈 있어요.

원래 먼저 나선 사람이 돈을 내는 게 맞아.

문제는 설렁탕집에 가려면 화장실에 들러 좀 씻고 옷도 갈아입어야 한다는 거였다. 광장에서 지내던 그대로 식당에 가면 쫓겨날 수도 있다. 아줌마가 아기를 데리고 화장실에 들어가 씻는 동안 나는 유아차를 지키면서 기다렸다.

언젠가 형도 말했다시피, 어슬렁대는 사람들을 내쫓지 않는 유일한 장소는 광장뿐이다. 그 밖의 모든 장소는 사람들을 내쫓는다. 병균 취급 한다. 사람이 병균 취급을 받다 보면 스스로 병균이 되어 버린다. 광장에 사는 아줌마 아저씨들을 보면 알 수 있다. 깨끗한 사람들은 광장 사람들을 피해 다니지만, 오히려 광장 사람들이 깨끗한 사람들을 무서워한다는 사실을 알아야 한다.

아줌마는 축 늘어진 티셔츠를 벗고 진짜 새파란 블라우스로 갈아입고 나왔다. 재활용 수거함에서 찾아냈다고 아줌마가 자랑한 옷인데, 설렁탕을 먹으러 갈 때나 광장을 벗어나 다른 곳에 갈 때면 꼭 그 옷으로 갈아입었다. 세수도 하고, 머리도 감고, 아기까지 씻긴 아줌마가 새파란 블라우스를 입고 나오는 모습을 보니 내 자존심이 조금 살아나는 듯

했다. 그 정도면 쫓겨날 염려는 없을 것 같다.

가자.

내가 보호자라도 되는 양 아기 손을 꽉 잡았다. 우리 형이 나한테 "가자." 할 때처럼 똑같이 해 주었다.

돈 얼마 있어?

아줌마가 물었다.

형이 그랬다. 어디서든, 누구에게든, 가진 것을 전부 내보여서는 안 된다고 했다. 더구나 형과 나처럼 부모 없이 살아가는 아이들은 부모가 찾아온다 해도 절대 전부를 내보여서는 안 된다고 했다. 나는 이모가 서랍에 넣어 둔 돈 중에서 만 원짜리 석 장만 생각했다.

삼만 원.

난 소주 마실 거야!

아줌마가 어린애처럼 단호하게 말했다. 그래서 나는 형처럼 말해 줬다.

두 병 마셔.

아냐. 한 병만 마실 거야.

맘대로.

대신 설렁탕은 곱빼기로 먹을 거야.

맘대로.

그럼 얼마 남아?

한 오천 원쯤.

씨발.

왜?

너무 비싸.

아줌마가 말은 씨발이라고 하지만, 목소리는 들떠 있었다. 나는 그걸 안다. 전에도 설렁탕 먹으러 갈 때 그런 적이 있다.

돈 남는 거 나 줘.

뭐 하게?

그냥.

알았어. 그런데 아기 손이 왜 이렇게 뜨거워?

애들은 원래 잘 그래.

계단 위 다리에서 멋지게 차려입은 한 무리의 사람들이 우리 곁을 지나갔다. 그냥 지나가지 않고 한마디씩 했다.

쯧쯧, 어쩌다 저렇게 됐을까.

귀차니 아줌마와 내가 가장 듣기 싫어하는 말이지만 가장 자주 듣는 말이기도 했다. "어쩌다 저렇게 됐을까?" 혀를 차는 사람들한테는 이렇게 대응한다.

쉿! 쉿! 저리 가!

귀차니 아줌마가 무섭게 쫓아 버렸다. 귀차니 아줌마는

덩치가 코끼리 같아서 겁을 주면 대부분 먹힌다. 멋지게 차려입은 사람들은 별꼴 다 보겠다는 듯이 눈을 흘기며 우르르 몰려갔다.

사람들은 귀차니 아줌마가 겁을 주면 도망가지만 나는 달랐다. 나는 열 살짜리 아이다. 남에게 겁을 주기보다는 불쌍해 보이는 쪽이 더 안전하다. 또 불쌍해 보이는 쪽보다 웃겨 보이는 쪽이 덜 위험하다고 형이 말해 주었다. 그래서 나는 되도록 사람들한테 웃기게 보이려고 애썼다. 하지만 귀차니 아줌마와 아기와 나 셋이서 온갖 비닐봉지를 매단 고물 유아차를 밀고 지나갈 때면 사람들을 웃게 만들기가 힘들다.

형이 그랬다.

그 아줌마랑 같이 다니지 마라.

왜?

위험하다.

그 아줌마 안 무서워.

그 아줌마 말고.

그럼.

다른 사람들이 무서워한다.

그게 어때서?

사람들이 무서워하면 위험해진다.

왜 위험해져?

잘 들어라. 사람들은 무서운 거 싫어한다. 그래서 무서운 건 어떻게든 처리해 버린다. 그러니까, 그 아줌마랑 다니지 마라. 그게 서로에게 좋다.

귀차니 아줌마가 "쉭, 저리 가!" 겁을 줘서 쫓아 버린 사람들이 자꾸 우리를 돌아보았다. 어쩌면 경찰 지구대 형들한테 일러바칠지도 모른다. 그렇게 되면 또 여간 귀찮은 일이 아니다. 그래서 나는 저 사람들이 아무 힘도 없는 우리 셋을 무서워하지 않게 다리를 절름거리기 시작했다.

절룩.

절룩.

사람들이 쳐다보았다. 개다리춤도 두어 번 슬쩍 흔들어 주었다. 그러자 사람들이 서로를 바라보면서 웃었다. 웃었으니 지구대로 가지는 않을 것이다.

집 앞 골목에 귀차니 아줌마와 아기를 두고 나는 돈을 가지러 방에 들어갔다.

아빠.

아기가 유아차 위에서 버둥댔다. 아기는 나를 만나는 것을 좋아하고, 나와 헤어지는 것을 싫어했다. 나는 서둘렀다. 방으로 뛰어 들어가 싱크대 서랍에서 이모가 넣어 둔 봉투를 꺼냈다. 다른 때보다 봉투가 두툼했다. 오랜만에 왔기 때문에 밀린 돈을 한꺼번에 넣어 둔 모양이다. 뭐, 어쨌든 상관없다. 형이 오면 형이 가져가서 통장에 넣을 테니까. 만원 지폐 석 장만 빼내 주머니에 쑤셔 넣고 봉투는 사진첩 사이에 끼워 넣고 서랍을 밀어 넣었다.

형은 늘 잔소리다.

돈 아껴 써라.

그렇지만 오늘은 어쩔 수 없다. 형 허락 없이 함부로 썼다고 혼나는 건 나중 일이다.

설렁탕집 할머니도 귀차니 아줌마를 알고 있다. 이 동네에서 귀차니 아줌마를 모르는 사람은 거의 없다. 귀차니 아줌마는 한 번 보면 잊기 힘들 만큼 덩치가 좋고, 또 너무 지독한 사연이 있어서 아줌마 이야기를 들었거나 한 번이라도 본 사람은 다 기억한다.

설렁탕집 식탁은 모두 비어 있었다. 하지만 할머니는 우리를 방으로 몰아넣었다. 그 방은 할머니와 할머니 아들이 자는 방이다. 할머니가 아줌마와 나와 아기를 그 방으로 밀어 넣고 방문까지 닫아 주었다. 귀차니 아줌마가 지저분하고 좁아터진 할머니 설렁탕집을 좋아하는 이유는 어쩌면 방 때문인지도 모른다. 그 방에서 아줌마와 아기는 설렁탕을 먹고 한숨 자기까지 한다.

내가 설렁탕집 할머니를 좋아하는 이유는 따로 있다. 할머니는 이것저것 묻지 않았다. 귀차니 아줌마를 보고 "왜 이 꼴로 사느냐?" 같은 걸 묻지 않았다. 날 보고는 "왜 이 꼴로 사는 여자를 따라다니느냐?" 잔소리하지 않았다. 그러니까 설렁탕집 할머니는 사람이 이 꼴로 살든 저 꼴로 살든 무슨 상관이냐는 거다.

그렇죠, 아줌마?

귀찮아.

뜨거운 설렁탕을 후후 불면서 나는 상상해 봤다. 엄마도 어디서 귀차니 아줌마처럼 아기를 데리고 유아차 한 대에 의지해 다니는 게 아닐까? 형과 이모가 하는 말은 서로 다른 점이 많지만, 한 가지 같은 점은 엄마가 행복하게 살고 있다는 것이다.

그런데 귀차니 아줌마와 설렁탕집 구석방에 들어와 앉아 있을 때면 엄마에 관한 소문이 다 거짓말처럼 느껴졌다. 엄마도 어디서 새로 태어난 아기를 데리고 유아차 한 대에 의지해 광장에서 살고 있을 것만 같다. 같이 살던 아저씨가 귀차니 아줌마 남편처럼 돈을 몽땅 들고 도망가 버렸을 것만 같다. 그래서 엄마가 나와 형을 찾아오고 싶어도 미안해서 못 찾아오는 것만 같다. 그렇지 않다면 삼 년이나 우리를 찾아오지 않을 리 없다. 그런 상상을 하니 갑자기 마음속에 꼭 꼭 숨겨 놓았던 감정이 훅, 밀려 올라왔다.

젠장.

형처럼 욕을 해 봐도 기분만 더 더러워졌다. 뜨거운 설렁탕을 더는 입 안에 퍼 넣을 수가 없다. 결국 나는 주머니에서 만 원짜리 석 장을 꺼내 식탁 위에 탁, 때려 붙이고 뛰쳐나오고 말았다. 나도 형을 닮아서 버럭 하는 성격은 어쩔 수 없다.

야빠.

아기가 불렀다.

나는 뒤를 돌아보지 않고 달렸다. 한 가지 명심해야 했다. 세상에서 가장 위험한 일은 귀차니 아줌마나 아기 앞에서 눈물을 보이는 일이다. 형 말대로 귀차니 아줌마나 아기처럼 광장에 사는 사람들은 다른 사람이 흘리는 눈물을 견딜수 없다. 자기가 흘린 눈물을 해결하는 일도 벅차서 광장에 나와 사는 사람들한테 다른 사람의 눈물까지 견디게 해서는 안 된다.

아무튼, 눈물만 아니었으면 아줌마한테 광장에 나와 사는 진짜 이유를 물어볼 수도 있었을 것이다. 그리고 설렁탕을 먹고 정신이 맑아진 아줌마가 내가 기다리는 아이언맨이 진짜 누군지 물어볼 수도 있었을 것이다.

12

새벽에 버드를 찾으러 나갔다가 골목에서 옆방 누나를 만났다.

형 아직 안 왔니?

누나가 물었다. 내가 입을 꾹 다물고 있자 누나가 다시 물었다.

어디 갔는지는 모르고?

아무리 친한 사람이라도 집안 사정을 바닥까지 드러내서는 안 된다고 형이 그랬다. 우리처럼 부모 없이 사는 아이들은 보호자가 열두 명쯤 있는 것처럼 연막을 쳐야 한다고도 했다. 더구나 옆방 누나처럼 '누나'라고 불러 주면 안심하는 사람들은 더욱 믿어서는 안 된다, 그런 사람들은 자기 인생을 인정하지 않기 때문에 언제 무슨 짓을 할지 모른다고 했다. 형의 의심은 알아줘야 한다.

그렇지만 나는 옆방 누나한테 솔직하게 말하고 싶었다. 옆방 누나는 내가 아이언맨을 기다린다고 하면 비웃는 사람이 아니다. 이모보다 열 배는 더 자주 김치도 담가 주고, 구운 김이나 오징어채무침도 냉장고에 넣어 준다. 지난주에는 누나가 일하는 가게에서 가져온 영업용 빵 한 봉지를 냉동실에 넣어 주기도 했다. 무엇보다 누나 역시 아이언맨을 기

다리는 사람일지 몰랐다. 그런 누나한테 거짓말하고 싶지
않았다.

아이언맨 찾으러 갔어요.

역시나 옆방 누나는 놀라거나 비웃지 않았다.

언제?

며칠 됐어요.

이모 다녀가는 거 같던데.

이모는 옆방 누나라면 질색한다. 옆방 누나도 이모를 좋
아하지는 않는다.

저런 여자랑 가까이 지내지 마라!

이모가 올 때마다 하는 말이다. 하지만 이모와 옆방 누나
사이를 더 나쁘게 하기는 싫다. 그래서 두 사람에 대해서는
입을 다문다.

내가 걱정되는지 옆방 누나가 물었다.

이모가 생활비는 좀 주고 갔니?

네.

너무 걱정 마라. 형은 금방 오겠지.

네. 우리 형은 양아치가 아니니까요.

너, 양아치가 뭔지 아니?

남 등쳐 먹는 거요.

누가 그래?

형이요.

조심해라. 광장에 너무 늦게까지 있지 말고.

누나도 일찍 다니세요.

그건 내가 알아서 하마.

야옹.

버드가 담 위에서 훌쩍 뛰어내리며 우리 사이에 끼어들었다. 버드는 내가 다른 사람과 친하게 지내는 걸 싫어한다. 질투가 심하다. 내가 누구와 다정하게 이야기하는 걸 보면 꼭 둘 사이를 비집고 지나갔다.

난 들어갈게요.

누나네 방문과 우리 방문은 딱 붙어 있다. 누나네 방문을 활짝 열어젖히면 우리 방문을 열 수 없는 구조다. 게다가 두 집 부엌문은 쪽대문을 열고 들어가 담을 타고 한 바퀴 빙 돌아 뒤쪽에 나 있다. 다른 사람들은 특별한 볼일이 없는 한 거기까지 오지 않는다. 누나와 내가 담을 타고 나란히 걸어 들어갈 때면 엄마와 아들 같다는 생각이 들 때도 있다.

하지만 형이 해 준 말도 잊지 않고 있다.

아무리 다정하게 해 줘도 진짜 엄마와 아들 사이는 아니다. 착각해서는 안 된다. 알겠냐?

형이 그런 말을 하면 얄밉긴 하지만 틀린 말은 아니라서 새겨들어 둔다.

방에 들어와서 버드한테 잔소리 좀 했다.

종일 사료도 먹지 않고 어딜 그렇게 쏘다니냐? 외출냥이로 속 썩일 거면 집냥이로 붙잡아 두겠다. 알겠냐?

형처럼 협박 좀 해 줬다.

야아옹.

버드는 허겁지겁 사료를 먹으면서도 내 잔소리를 다 듣고 있었다. 뭘 잘못했는지는 아는 고양이다.

13

아침에 일어나 보니 비가 오고 있었다. 기침이 났는데, 형이 없어서 그런지 기침이 더 심했다. 형이 있었으면 설렁탕 먹으러 가자고 하거나 사다 줬을 텐데. 따뜻한 컵라면 국물이나 먹으러 편의점에 가려고 일어났다.

서랍을 열어 놓고 앉아서 이모가 넣어 두고 간 봉투 속 돈을 들여다보았다. 만 원짜리 지폐들 사이에 혹시 엄마가 숨어 있는지 유심히 살펴보았다. 그럴 리 없다는 건 내가 더 잘 안다. 하지만 그냥 해 보는 짓도 위로가 될 때가 있다.

봉투 속을 들여다보며 생각 좀 해 봤다. 형이 지난번 늑장 부릴 때보다 더 늦게 오거나, 만일 형이 아버지나 엄마처럼

영영 오지 않는다면, 이 돈으로 언제까지 '살' 수 있을까. 이
건 정말 만약이지만, 형이 오지 않는다면, 형이 아이언맨을
만나 나 따위는 잊어버리고 그곳에서 행복하게 살기로 했다
면, 이모가 다음에 올 때까지 이 돈으로 버틸 수 있을까? 이
런 만약의 경우에 대비하는 습관을 들이려고 형이 늘 이런
잔소리를 했는지도 모른다.

돈은 무조건 아껴야 한다.

아무튼 이모가 준 돈은 언제나 형이 확인했다. 나는 허락
받은 만큼만 써야 했다. 그런데 이번에는 형이 확인하기 전
에 허락도 없이 꺼내 쓰는 거였다. 만일 형한테 휴대폰이 있
었다면 물어봤을 거다. 그러나 형은 아직 보호자 없이는 휴
대폰을 살 수 없는 나이였다. 이모한테 부탁해도 되지만, 형
은 이모한테 뭘 부탁하는 것을 가장 싫어한다.

이모는 때가 되면 우리를 찾아오지 않을 사람이다. 그 여
자나 마찬가지다!

그러니까 형은 엄마를 기다리지 않는 것과 마찬가지로,
이모도 기다리지 않는다는 말이다.

어쨌든 벌써 형 허락도 없이 돈을 꺼내 귀차니 아줌마와
설렁탕을 먹었다. 오늘이라도 형이 오면, 잔소리 좀 들을 각
오를 해야 한다. 그렇더라도 지금은 컵라면 국물을 먹어야

겠다. 기침이 나니까. 이게 다 형이 나 혼자 남겨 두고 가출했기 때문이라는 것을 형이 알아주길 바란다.

버드 사료통에 사료를 부어 주고 편의점에 가서 컵라면에 삼각김밥을 먹고 광장에나 가 보려 했다. 운이 좋으면 형을 만날 수 있을 것이다. 만일 오늘 광장에서 형을 만난다면 혼자서 아이언맨 찾아다닌 거 다 용서해 줄 생각이다.

14

편의점 의자에 앉아 라면에 물을 부어 두고 기다리는데 유아차를 밀고 지나가는 귀차니 아줌마가 보였다. 유아차에는 덮개를 뒤집어씌웠다. 덜렁거리고 뜯어지긴 했지만 덮개 덕분에 아기는 비를 맞지 않는다. 하지만 아줌마는 두 손으로 유아차를 밀어야 하기 때문에 비를 맞고 걷는다. 그 모습이 꼭 코가 잘린 코끼리 같았다. 그런데 아줌마는 옥탑방에서 자고 나오는 길일까? 나는 창을 퉁, 퉁, 두드렸다. 아줌마가 알아채지 못하고 그냥 지나갔다. 나는 편의점 문을 밀고 아줌마를 불렀다.

아줌마!

아줌마가 천천히 돌아봤다.

나 컵라면 먹어요.

야빠. 야빠.

아기가 내 목소리를 듣고 발버둥 쳤다. 아줌마가 유아차 덮개를 휙 걷어 올렸다. 아기 몸이 벌써 반이나 유아차 밖으로 나왔다. 아줌마가 유아차를 끌고 뒷걸음쳐 왔다. 아기가 나를 잘 볼 수 있게 내 앞에 유아차를 세웠다.

라면 먹어요.

귀찮아.

나한테 돈 있어요.

아줌마가 아기를 유아차에서 번쩍 들어 내렸다. 아기가 편의점 안으로 걸어 들어오는 사이 아줌마는 유아차를 편의점 에어컨 실외기 옆으로 밀어 두느라 애썼다. 쓰레기보다 못한 고물 유아차라도 비 맞지 않게 단속하는 아줌마를 기다리느라 문을 잡고 서 있었다. 편의점 알바 형은 못마땅한 눈치였다. 그래서 나는 형이 한마디 하기 전에 컵라면 두 개를 얼른 꺼내 뚜껑을 따고 물을 부었다.

셋이 나란히 창밖을 내다보고 앉아서 라면이 익기를 기다렸다.

형 봤다.

아줌마가 불쑥 말했다.

어디서요?

덕수궁 앞.

언제요?

설렁탕 먹은 날 새벽.

잘못 봤어요.

맞아.

형은 아직 안 왔어요.

왔어. 내가 봤어.

나랑 거기 가 봐요.

어디?

형 봤다는 데요.

언제던가 형과 둘이 덕수궁에 간 적이 있다. 서울역에서 덕수궁까지 뒷골목을 따라 걸어갔다. 나중에 나 혼자 형과 같이 갔던 길을 따라 몇 번이나 가 봤다. 그래서 그 길은 훤하다. 하지만 형은 내가 거기까지 나다니는 줄 몰랐다. 사실 나는 형 몰래 남대문 시장은 물론이고 광화문을 지나 창덕궁 너머까지 혼자 다닐 줄 안다. 어렵지 않다. 그냥 길을 따라 걸어갔다가 길을 따라 걸어오기만 하면 된다. 그렇지만 형한테는 절대 비밀이었다. 형이 알면 공연히 잔소리만 하니까. 그런데 형이 집에는 오지 않고 덕수궁 앞에 왔었다니 믿을 수 없었다. 형을 봤다는 장소니까 가서 확인해 보고 싶었다.

파란 블라우스 가져왔어요?

응.

덕수궁에는 깨끗한 사람들만 오니까, 깨끗한 옷으로 갈아입어야 돼요.

걱정 마.

아기도요.

걱정 마.

라면 먹고 우리 집에 가서 씻어요.

싫어.

집에 아무도 없어요.

아줌마는 우리 집을 안다. 우리 집에 와서 밥도 먹고 씻고 간 적이 있지만, 형한테 들킨 후로 우리 집에 가지 않으려고 했다. 아줌마는 형을 무서워했다. 정작 형을 무서워해야 할 사람은 나였다. 그날 아줌마를 내보내고 나서 형은 무섭게 화를 냈다. 한 번만 더 아무나 집 안에 들이면 그땐 가만두지 않겠다고 겁줬다. 전에 형 친구들이 우리 방에 들락거릴 때 일으킨 사건 때문에 형이 예민하게 군다는 것을 나도 알고 있다.

그런 사람들은 언제 무슨 짓을 할지 모른다.

형은 냉장고에 넣어 둔 치킨이 없어진 거며 게토레이가 없어진 것도 다 귀차니 아줌마 짓이라고 우겼다.

내 허락 없이 절대 누구도 집 안에 들이지 마라! 엉?

형이 그렇게까지 성질을 부린 적이 없기 때문에 그 뒤로 아줌마한테 우리 집에 가자는 말을 못 했다. 하지만 이번에 형이 와서 귀찮니 아줌마 일로 또 나를 괴롭히면 나도 가만 있지 않을 것이다. 며칠이나 나를 혼자 내버려 둔 일을 크게 따질 것이다.

아줌마가 아기를 데리고 화장실에 들어가 씻는 동안 나는 봉투에서 돈을 좀 꺼내 주머니에 쑤셔 넣었다. 형한테 복수하듯이 돈을 거칠게 다루고 나니 기분이 조금 풀리는 것도 같았다.

15

광장에 사는 티를 숨길 수 없는 아줌마도 샤워하고 파란 블라우스로 갈아입으니까 달라 보였다. 더럽고 위험한 인생을 버리고 깨끗하고 안전한 인생으로 갈아탄 것 같았다. 아기도 마찬가지였다. 축 처진 종이 기저귀를 빼고 노란색 반바지를 입으니 백화점 아기 같았다.

딸기셰이크를 사서 아기 손에 먼저 들려 주었다. 형도 날데리고 어디 가려면 우선 기분 좀 내라고 뭘 사 줬는데 형

흉내를 내 본 것이다. 아기가 좋아하는 모습을 보니 내가 뭐라도 된 것 같았다.

아줌마와 둘이 유아차를 밀면서 슬슬 걸었지만, 마음은 좀 바빴다. 마음이 바쁘면 말이 나오지 않는다. 아줌마와 나는 말없이 덕수궁 앞까지 왔다.

여기서 봤다.

잘못 봤어요.

봤어.

형은 아이언맨 찾으러 갔어요.

봤어.

그리고 형은 여기 잘 안 와요.

잘 와.

어떻게 알아요.

전에도 봤어.

형은 안 다니는 데가 없다. 오토바이 몰고 뚝섬인가 하는 데까지 갔다 온 적도 있다. 형은 아이언맨이 서울에 있다고 생각해서 서울 이 구석 저 구석을 뒤지고 다닌 적이 있다. 한 번은 나도 데려갔다. 하지만 나를 데려갈 때 형은 아이언맨을 찾는 게 아니라고 했다. 그냥 바람이나 좀 쐬는 거라고 했다.

마음이 복잡해져 버렸다. 이제 어떻게 해야 할지 알 수 없었다. 광장으로 돌아가야 할지, 이왕 여기까지 온 김에 아줌마와 밥도 사 먹고 쏘다녀야 할지 알 수 없었다. 아줌마도 그런 것 같았다. 멍한 눈으로 사방을 두리번거리기만 했다. 덕수궁 문 앞에서 우리는 길을 잃어버린 사람처럼 당황해서 어쩔 줄 몰랐다.

그때 갑자기 교복 입은 형들이 우르르 다가와 우리 앞을 가로막았다. 세 명이었다. 나는 대체로 형들을 좋아하는 편이다. 지금도 그렇지만 그때도 내가 아는 사람들은 형들이 대부분이었다. 형은 친구가 워낙 많았다. 그런데 그날 덕수궁 앞에서 우리를 에워싼 형들은 내가 아는 형들과 달랐다.

야, 이것들 봐라!

진짜 신기하네!

야, 좀 찍어라!

휴대폰을 꺼내 들고 우리 주위를 빙 둘러쌌다. 이상한 관심에 나는 겁을 먹었다. 아줌마 옆에 바싹 붙었다. 형들 셋이 휴대폰으로 아줌마와 나와 아기를 막 찍어 댔다.

아, 씨발.

아줌마가 화를 냈다.

와! 말도 한다.

셋이 엄청난 것을 봤다는 듯이 떠들어 댔다. 완전 개차반들이었다. 우리 형 친구들 대부분은 거칠지만 그런 개차반

짓은 안 한다. 더구나 귀차니 아줌마나 광장 사람들을 보고
그런 짓은 절대 안 한다.

이 개새끼들 저리 가!

아줌마가 소리 질렀다.

와, 욕도 한다!

이번엔 셋이 한꺼번에 와하하 웃었다. 주변 사람들이 우
리를 쳐다보면서 지나갔다. 하지만 아무도 참견은 하지 않
았다. 셋 가운데 한 형이 아기가 들고 있는 딸기셰이크 컵을
툭 쳤다. 컵이 땅에 떨어지면서 붉은 셰이크가 사방으로 튀
었다. 아기가 울음을 터뜨렸다.

야, 울 줄도 안다!

형들이 우는 아기한테 휴대폰을 바짝 들이대고 사진을 찍
었다.

개새끼들!

갑자기 아줌마가 가까이 있는 두 명의 멱살을 잡았다가
확 밀쳤다. 뭔가 엄청난 순간이었다. 두 명은 아이언맨한테
당한 악당 조무래기들처럼 나가떨어졌다. 그 통에 두 명의
휴대폰은 더 멀리 날아가 떨어졌다.

아줌마가 성큼성큼 걸어가 바닥에 떨어진 휴대폰 두 개를
주워 차들이 왕왕거리는 차도 한가운데를 향해 던졌다. 버
스가 휴대폰 위를 지나갔다. 빠직. 나는 그렇게 들었다.

야. 신고해!

멍하니 휴대폰을 들고 서 있는 형 쪽으로 아줌마가 걸어
갔다. 아줌마가 휴대폰을 빼앗아 그것도 도로 한가운데를
향해 던졌다. 그리고 동시에 아기를 안아 올리면서 소리 질
렀다.

뛰어!

나는 아줌마 뒤를 따라 무조건 뛰었다. 시립 미술관 쪽이
었다. 나는 파란 블라우스만 보고 뛰었다. 덕수궁 담을 따라
얼마나 뛰었는지 몰랐다. 한참 뛰다가 뒤를 돌아봤다. 조용
했다. 아무도 따라오지 않았다. 나는 아줌마 허리께 옷자락
을 겨우 붙들고 잡아당겼다. 아무도 따라오지 않는다는 것
을 아줌마도 알았다. 하지만 계속 뛰었다. 우리는 러시아 공
사관 골목 안으로 뛰어 들어가서야 주저앉아 헉헉거렸다.

유모차!

갑자기 유아차 생각이 나서 아줌마를 쳐다보았다. 아줌마
는 아직도 헉헉대고 있었다.

유모차에 중요한 물건 있어요?

없어.

거기 매달린 봉지들은 다 뭐예요?

필요한 거야.

그런데 중요한 게 아니에요?

중요하진 않아.

그럼 버려도 돼요?

안 돼.

그럼 찾아올게요. 아줌만 여기 있어요. 사람들 눈에 금방 띄니까.

아줌마가 갑자기 크게 웃었다. 아줌마가 큰 소리로 웃는 건 처음이었다. 아무튼 나도 따라 웃고 봤다. 아줌마와 내가 너무 크게 웃어서 아기가 놀랐는지 딸꾹질을 했다. 딸꾹질 하는 아기를 안고 아줌마가 일어섰다. 우리는 뛰어왔던 길을 되짚어 슬슬 걸어갔다. 덕수궁 담이 끝나는 자리에 서서 일단 주변을 살폈다. 아까 굉장한 일이 벌어진 자리는 아무 일도 없던 것처럼 조용했다. 우리한테 휴대폰을 들이대던 형 세 명도 없어졌다. 유아차는 매표소 앞 구석에 얌전히 놓여 있었다. 누가 끌어다 거기 갖다 놓은 모양이었다.

아줌만 여기 있어요. 내가 끌고 올게요.

무거워. 너 못 끌어.

결국 아줌마와 나와 아기는 무슨 한 덩어리처럼 붙어 다닐 수밖에 없었다. 사람들이 우리를 구경하긴 했지만, 아까 그 형들처럼 웃거나 휴대폰을 들이대지는 않았다. 좀 전과는 완전히 다른 사람들로 채워진 것 같았다.

어쨌든 나는 그동안 내가 알고 있던 아줌마와는 완전히

다른 아줌마를 알게 되었다. 하지만 어느 쪽이 진짜 아줌마인지 생각하는 일은 하지 않았다. 내가 신경 쓴 건 새파란 블라우스가 찢어져 아줌마 옆구리 살이 자꾸 보인다는 거였다. 나는 파란 블라우스를 끌어다 아줌마 허리를 감춰 주느라 바빴다.

아줌마가 물었다.

돈 얼마 있어?

다섯 장.

그럼 고기 먹으러 가!

아줌마는 못된 형들과 결투한 뒤로 왠지 좀 달라 보였다. 모처럼 아줌마 정신과 몸이 제대로 어울리는 것 같았다. 이제야 덩치에 걸맞게 용감한 정신으로 돌아온 건지도 몰랐다. 식당에 들어가 앉아 달궈진 솥뚜껑 위로 삼겹살을 올리면서 아까 하다 만 이야기를 다시 물었다.

형을 어디서 봤다구요?

여기.

잘못 본 거 아니구요?

아냐.

아줌마 말을 어떻게 믿어요?

아줌마는 솥뚜껑 위에서 잘 익은 고기를 집어 먹느라 정신없었다.

잘못 본 거 맞아요.

아줌마가 우물우물 대충 씹은 고기를 아기 그릇에 뱉어
주었다.

형은 아이언맨 만나러 갔어요.

왔어.

그럼 왜 집에 안 와요?

나도 몰라.

그럼 잘못 본 거 맞아요.

전화해 봐.

형은 전화 없어요. 전화 회사는 경찰서랑 비슷하댔어요.
보호자가 있어야 한댔어요. 형은 아직 미성년자예요. 하지
만 곧 성인이 돼요. 올겨울엔 전화 뽑을 거랬어요.

보호자 없어?

있어요. 하지만 형이 싫어해요.

나도 알아.

뭘요.

너네 엄마는 도망갔고, 아버지는 노숙자라는 거.

우리 아버지 노숙자 아니에요. 아이언맨이에요.

갑자기 식당 안 여기저기서 키득키득 웃는 소리가 들렸
다. 어디 한 쪽에서는 폭소가 터졌다. 그러나 아줌마는 웃지
않았다. 나도 웃지 않고, 아기도 웃지 않았다.

노숙자 맞아.

누가 그래요.

다 알아.

나도 아줌마에 대해 알아요.

뭘.

아줌마 남편 새끼가 아줌마와 아기 꼴 보기 싫어서 도망간 거.

뭐?

돈까지 몽땅 들고 튀었잖아요. 그래서 아줌마가 거지 노숙자가 된 거잖아요.

이 새끼.

내 말 틀려요?

식당 안에 있는 사람들이 모두 구경하는 가운데 아줌마와 나는 고기를 마구 먹으면서 서로를 향해 아무 말이나 되는대로 퍼부었다. 아줌마와 내가 통하는 건 그런 거였다. 누가 어떤 말을 해도 좀처럼 상처받지 않는 거. 말 따위는 되받아쳐 주고 바닥이 보일 때까지 끝까지 앉아서 먹어 주는 거. 그리고 나올 때 사탕 한 줌도 잊지 않는 거. 커피와 이쑤시개와 물티슈까지 챙기는 거. 우리가 아무리 점잖게 행동한다 해도 아무도 멋있게 봐 주지 않는다는 거. 그러니까 눈치 볼 필요 없다는 거. 그래서 자유로운 거! 뭐, 그런 기분이었다.

그럴 리 없겠지만 아줌마가 본 게 진짜 형이라면 형은 왜 이 앞을 지나갔을까? 왜 집에 오지 않았을까?

어쩌면 너네 형 아닐 수도 있어.

형 맞다면서요.

비슷한 놈들이 너무 많아.

괜히 나 안심시키려고 하는 말이죠?

한동안 아줌마와 나는 입을 다물고 걷기만 했다.

나 살던 데 가 볼래?

옥탑방엔 뭐 하러요?

거기 말고.

어딘데요?

배도 부르고 더는 화가 나지 않았지만 나는 그냥 퉁명한 채였다. 그게 더 편했다.

전에 살던 데.

집에 형 와 있을지 몰라요.

안 멀어. 근처야.

걸어가면서 아줌마가 자기 이야기를 했다. 옆방 누나가 말하는 왕년 같은 거였다. 아줌마 혼자 자기 이야기를 하면서 뭐가 좋은지 웃기까지 했다. 지금도 나는 일단 내 편이라고 생각하면 아무리 시시한 이야기도 웃어 주는 편이다. 하지만 그때 나는 같이 웃어 줄 마음이 생기지 않았다. 나는 왕년의 일이라면 별로 믿고 싶지 않아졌다. 왕년이라는 것은 내가 상상으로 구축해 둔 엄마나 아버지 인생과 마찬가지라는 생각이 불쑥 들었기 때문이다.

게다가 귀차니 아줌마 왕년은 너무 거짓말 같았다. 아줌마는 자기가 아주 날씬해서 하늘거리는 원피스가 잘 어울리는 아가씨였다고 했다. 그 원피스를 입고 누구를 만나러 갔는데, 만나러 가던 그 길이 바로 지금 아줌마와 나와 아기가 걷는 이 길이라고 했다.

나는 아줌마가 원피스까지 차려입고 만나던 사람이 내가 아는 그 '남편 새끼'가 아니길 빌었지만, 아줌마 이야기를 종합해 보면 그 새끼가 맞을 것 같았다. 그런 새끼를 만나러 하늘거리는 예쁜 원피스까지 입고 가다니! 화가 났다. 나는 공기가 너무 더럽다는 듯이 공연히 캑캑거리는 걸로 대신했다. 아무튼 아줌마의 왕년을 한마디로 정리하면 이거였다.

한때 아줌마는 날씬했고, 젊었고, 직업이 있었고, 사랑하는 남자가 있었고 그리고 꿈이 있었다!

나는 상상했다. 코끼리 같은 지금 아줌마를 생각하면 도저히 할 수 없는 상상이긴 하지만, 나에게는 그동안 구축해 놓은 수많은 상상 속 인생이 있기 때문에 크게 어려운 일은 아니었다. 젊고 예쁜 누나가, 하늘거리는 파란 원피스를 입

고, 이 거리를 걸어가는 모습은, 어쩌면 진짜였을지도 모른
다. 만일 진짜라면 몹쓸 일이다. 왕년의 누나와 지금의 아줌
마가 같은 사람이라면, 누구라도 몹쓸 일이라고 생각할 것
이다.

아줌마와 한참 걷다 보니 우리가 광화문 사거리를 지나
한 바퀴 빙 돌아서 다시 덕수궁 앞에 왔다는 것을 알았다.

여기가 아줌마 살던 데 맞아요?

없어졌다.

뭐가요?

옛날에 나 살던 집.

어쩌면 아줌마가 착각했을 수도 있고, 살던 곳이 바뀌었
을 수도 있다. 아니면 광장의 얼빠진 귀차니 아줌마 정신으
로 되돌아갔는지도 모른다. 그래서 나는 아줌마가 자기 기
억력 때문에 절망하지 않게끔 달래 줬다.

여긴 일 년만 지나면 달라져요.

얼마 전만 해도 있었어.

그만 가요. 형 와 있을지 몰라요.

아줌마는 더는 아무 말도 하지 않았다. 어쩌면 아줌마는
왕년의 인생과 지금의 인생 사이에서 어지러운지도 몰랐다.
어떤 것이 진짜인지 찾아내려고 애쓰는지도 몰랐다. 아줌마
눈이 그래 보였다.

그런데 아줌마가 본 게 정말 형이었을까? 형이었다면 집에 안 왔을 리 없다. 덕수궁 입구까지 왔는데 집에 안 왔을 리 없다. 어쩌면 아줌마는 형을 기다리는 나를 대신해 밤새 형을 기다려 주다가 비슷한 사람을 봤는지도 모른다. 누구를 너무 기다리다 보면 세상 사람 절반은 그 사람과 비슷해 보이기 마련이다.

16

광장에서 아줌마와 헤어지고 집으로 가는 발걸음이 조금 바빴다. 형이 와 있을지도 모르니까. 편의점 앞에서 버드가 식빵을 굽고 있었다. 멀리서 나를 발견하자 버드가 식빵 굽는 자세를 풀고 일어나 몸을 길게 늘였다.

야, 버드.

버드는 듣는 둥 마는 둥 한 번 양, 하더니 앞서 걷기 시작했다. 앞서 걷는 버드가 자꾸 뒤돌아보았다. 나를 재촉하는 거였다. '혹시?'

나는 뛰었다. 방문을 활짝 열어젖혔을 때 방 안에는 아무도 없었다. 만일 형이 왔다면 검은색 백팩이 바닥에 팽개쳐져 있었을 것이고, 양념통닭 냄새가 났을 것이다.

버드.

내가 불렀지만 버드는 방으로 들어오지 않고 부엌에서 나를 올려다보기만 했다. 어쩌면 버드는 배가 고팠는지도 모른다. 그래서 나를 기다리고 있었는지도 모른다. 나는 사료 봉지를 꺼내 그릇에 부어 주었다. 마지막 한 톨까지 탈탈 털어 주었다.

버드가 사료 먹는 모습을 보고 있는데 갑자기 너무 힘들었다. 일단 한숨 자고 버드 사료를 사러 가야겠다고 생각했다. 오늘 사 두지 않으면 내일 아침에 버드가 밥을 굶어야 한다. 한숨 자고 일어나서는 꼭 사료를 꼭 사야 한다고 되뇌면서 잠들었다.

17

잠깐 잤다고 생각했는데 일어나 보니 깜깜했다. 평소 같으면 슬슬 광장으로 나갈 시간이었다. 가는 길에 버드 사료부터 사야 했다. 주머니에 있는 돈을 꺼내 보았다. 낮에 귀차니 아줌마와 고기 먹고 남은 돈이 있었다. 사료를 사고 남으면 버드가 좋아하는 캔도 몇 개 사야겠다. 버드가 점점 맛을 알아서 사료만 주면 뭔가 툴툴거리는 듯한 소리를 내니까.

그런 다음 포장마차에서 떡볶이를 사 먹을 것이다. 귀차니 아줌마와 아기도 떡볶이를 좋아한다. 셋이 같이 먹으려면 돈을 더 꺼내 가야 할 것 같았다. 서랍을 열었다. 한 장만 더 꺼낼 생각이었다. 형이 오면 뭐라 할까. 가만있지는 않을 것이다. 그래도 할 수 없다. 버드 사료 사는 데 쓰는 돈이니까 형도 잔소리를 퍼붓지는 못할 것이다.

서랍을 잡아당겼다. 이모가 넣어 둔 봉투가 얼른 보이지 않았다. 사진첩 사이를 뒤적거려 보았다. 없었다. 형이 왔던 것이다!

형이 왔다가 서랍을 열어 보고 돈을 챙겨서 알바하러 나간 것이다. 냉장고를 열어 봤으면 이모가 다녀갔다는 것을 알았을 것이다. 그러면 서랍 속에 돈이 있다는 것도 알았을 것이다. 나는 뛰어나갔다. 형이 알바하는 식당을 향해 뛰었다. 가는 길은 훤했다.

식당 앞에 오토바이 한 대가 보였다. 보통 서너 대가 있는데 나머지는 배달 나간 모양이었다. 오토바이 근처에 알바하거나 놀러 나온 형 친구들 몇 명이 모여 있는 게 멀리서도 보였다. 그런데 형은 보이지 않았다. 형은 배달하러 나갔나 보다.

어, 너 웬일이냐?

형 친구가 먼저 나를 알아봤다.

형은 배달 갔어?

무슨 소리냐? 아버지 찾으러 간 거 아니었냐?

형 여기 안 왔어?

왔으면 집에 먼저 갔지, 인마!

야, 안 왔으니까 여기 와서 찾겠지.

다른 형들이 거들기 시작했다.

이번엔 오래 걸린다?

형 오면 얼른 일 나오라고 해라. 요즘 바쁘다.

그럼 여태 쭉 혼자 있었냐?

또 다른 형이 물었다.

이모 와 있어.

일단 그렇게 말하고 나서 나는 돌아섰다.

갑자기 이모가 넣어 둔 봉투 걱정이 몰려왔다. 형이 아니라면 누가 봉투를 꺼내 간 건가. 내가 잘못 본 건가. 누가 훔쳐 간 건가. 이번에는 집을 향해 달렸다.

방으로 뛰어들었다. 서랍을 당겼다. 서랍 속을 휘저었다. 서랍에는 사진첩뿐이었다. 이모가 넣어 둔 봉투는 없었다. 나는 싱크대 서랍 세 개를 모두 뒤졌다. 없었다. 형이 오면 뭐라고 해야 할지 몰랐다. 형은 귀차니 아줌마를 의심할 것이다. 음료수 한 병 없어져도 귀차니 아줌마 짓이라고 했는데, 이모가 준 돈이 몽땅 없어졌으니 어쩌면 아줌마를 찾아가 따질지도 모른다. 나한테도 크게 화를 낼 게 뻔했다. 어쩌면 광장에도 못 나가게 할지 모른다.

18

문득 버드가 종일 집에 들어오지 않고 있다는 것을 알아차렸다. 이모가 준 돈 봉투가 없어진 일 때문에 버드한테 신경을 못 쓰고 있었다. 찾아봐야 했다. 버드 이 자식은 외출냥이에서 이제는 아주 하숙냥이로 살 모양인가?

막 신발을 신으려는 참이었다.

꽝 꽝 꽝.

야, 문 열어.

야!

밖에 엄청난 일이 일어난 것 같았다. 낯선 아저씨가 옆방 누나네 문을 두드리면서 고함쳤다. 소리가 얼마나 엄청난지 나는 신발을 신으려다 말고 다시 방으로 튀어 들어가 불을 껐다. 불을 끄고 안에 아무도 없는 것처럼 끽소리 내지 않았다. 하필 이런 순간에 버드가 와서 문을 긁어 대면 어쩌나. 하지만 버드도 눈치가 빠한 놈이라 이런 소란이 있을 때는 어디 구석에 잘 숨어 있을 것이다.

쾅. 쾅. 쾅.

야, 문 열어.

내 생각엔 지금 옆방 누나네 방에는 아무도 없다. 누나는 이 골목에서 가장 늦게 퇴근하는 사람이다. 그러니까 누나가 쉬는 날 아니면 이 시간에 집에 있을 리 없다. '쾅. 쾅.' 낯선 아저씨는 멈추지 않고 계속 문을 두드려 댔다. 질긴 사람이었다. 옆방 누나가 좋아할 만한 사람이 아니다. 만일 누나가 방 안에 있다 해도 문을 열어 줄 만한 사람이 아니다.

멀리 대문 쪽에서 발소리가 다가왔다. 문 두드리는 소리가 멈췄다.

거 누구요?

집주인 할아버지 목소리였다.

왜 남의 집 문을 두드리시오!

집주인 아저씨 목소리였다.

소란 통에 할아버지와 아저씨가 내려온 모양이다. 잠시 수군수군 말소리가 오갔는데 무슨 이야기인지 자세히 들리지 않았다. 간간이 들리는 말로는 문을 두드린 남자가 '이 방에 살고 있는 여자'를 찾는다는 것 같았다. 누나를 찾아오는 사람은 거의 없는데 저런 식으로 찾아오는 사람이라면 없는 편이 나을 것이다.

아무튼 집주인 할아버지와 아저씨가 내려왔으니 큰 걱정

은 없다. 집주인 할아버지는 소란한 일을 정말 잘 해결했다. 이 골목에는 혼자 사는 누나나 아줌마가 많고, 그 사람들한 테는 이런저런 소란이 가끔 일어난다. 그러면 우리 집주인 할아버지가 아들을 데리고 내려온다. 그럼 어지간한 일들은 해결된다. 전에 옆방 누나가 말하기를, 할아버지는 옛날에 경찰이었고 아들은 이제 곧 경찰이 될 사람이라고 했다. 그 래서 두 사람이 동시에 소란한 현장에 나타나는 것만으로도 효과가 있는 거라고 했다.

사람들이 모두 가고 다시 조용해졌다. 나는 불을 켜지 않은 채 조용히 나가 부엌문을 살짝 열고 밖을 내다보았다. 아무도 없었다. 열린 문틈으로 버드가 미끄러져 들어왔다.

어디 돌아다니다 왔어?

내가 작게 나무랐다.

양~ 양~.

버드도 작게 뭐라 뭐라 했다. 아무튼 버드가 때맞춰 집에 들어온 건 다행이었다.

그런데 옆방 누나는 정말 방 안에 없나? 나처럼 방 안에 있으면서 무서워서 없는 척한 건 아닌가? 만약 그렇다면 잘 한 거다. 그런 식으로 찾아온 사람한테 문을 열어 줄 바보는 세상에 별로 없을 거다.

19

돈 걱정 때문에 잠을 설쳤다. 어제 꺼내 둔 돈으로 버드 사료를 사고 나면 몇천 원 남는다. 몇천 원으로는 햄버거 하나 사고 나면 그만이다. 만일 형이 당장 오지 않는다면 어떡하나. 형이 있을 때 돈 걱정은 형이 다 했지만 형이 없으니나 혼자 다 해야 했다. 그것보다 더 걱정되는 것은 형이 왔을 때다. 이모가 두고 간 돈이 없어졌다는 사실을 형이 알면 어떻게 할지 생각만 해도 걱정이었다.

야, 버드.

공연히 버드나 한번 불러 보았다. 버드도 내가 그냥 한번 불렀다는 것을 아는지, 눈도 깜짝하지 않았다. 하지만 버드도 걱정하고 있다. 꼬리 끝을 슬쩍 움직인 걸 보면.

나는 밖으로 나왔다. 광장에 가 볼 참이었다. 만일 귀차니 아줌마가 있다면 같이 컵라면이나 사 먹어야겠다. 그런 다음 오는 길에 버드 사료를 사 올 것이다.

옆방 누나는 지난밤 집에 오지 않은 듯했다. 만일 왔다면 이 시간까지 없는 척하지는 않을 것이다. 나는 혹시 몰라 누나네 문을 한번 두드려 볼까 하다가 그만뒀다. 누나는 늦게 자고 늦게 일어나는 사람이라서 오전에는 되도록 문을 두드려서는 안 되었다.

광장에는 귀차니 아줌마도 아기도 보이지 않았다. 나는 역 대합실 안으로 들어갔다. 거기 들어가서 절룩거리고 다니며 형도 기다리고 아이언맨도 기다릴 생각이었다. 절룩거리고 다니면 사람들이 쳐다볼 것이다. 어떤 사람은 물어볼 것이다.

누구 기다리니?

사람들은 열 살짜리 아이가 누굴 기다리지 않는 한 서울역에서 절룩거리고 다닐 리 없다고 생각하는 것이다. 여러 사람이 물어보지만 맥도날드 알바 누나가 물어보는 말이 가장 마음에 들었다.

맥도날드 알바 누나는 이렇게 물어본다.

뭐 잃어버렸니?

"누구 기다리니?" 하고 묻는 대신, "뭐 잃어버렸니?" 하고 묻는 것이다.

누나가 물어보는 "뭐 잃어버렸니?"라는 말과 모르는 사람들이 물어보는 "누구 기다리니?" 하는 말에는 엄청난 차이가 있다. 그건 뭐냐면, 마음을 울리느냐 못 울리느냐의 차이다. 만일 내 마음이 거대한 종이라면, 맥도날드 누나가 "뭐 잃어버렸니?" 하고 묻는 말에는 내 마음이 '에밀레, 에밀레' 하고 울려 퍼지게 만드는 힘이 있다는 뜻이다.

이 세상 무수한 말 가운데 내 마음을 울리는 말을 할 줄 아는 맥도날드 누나의 친절을 두고 형은 이렇게 말했다.

서비스업 알바 특유의 친절에 속으면 안 된다.

그렇지만 나는 속고 싶었다. 햄버거 한 개 주문한 나한테 천 개쯤 주문한 사람한테 하는 만큼 다정하게 물어 주는 것을 보면 누나가 나한테 마음이 있는 것도 같다. 그러니까 누나의 친절은 사기가 아니다. 누나가 나한테 베푸는 친절이 사기가 아닌 이유는 또 있다.

언젠가 누나가 나한테 "혹시, 누구 기다리니?" 하고 물어본 적이 있다. 나는 이렇게 대답했다.

아이언맨.

그러자 누나가 내 눈을 가만히 들여다보았다. 누나가 그렇게 나를 오래 들여다본 적은 처음이었다. 누나처럼 시급 알바를 하는 사람들은 남의 눈을 오래 바라볼 시간이 없다. 일분일초가 다 돈으로 계산되기 때문에 남의 눈을 들여다볼 시간 따위는 없다고 형이 알려 줬다. 그런데 그날 누나는 내 눈동자가 간질간질해질 때까지 들여다보았다. 누가 너무 간절히 내 눈동자를 들여다보면 간지럼 타기 마련이다.

이상한 점은 그 후로 집에서 혼자 누나 생각을 할 때도 눈동자가 간질간질해진다는 것이다. 그래서 나는 기분이 나빠질 때 누나 눈동자를 생각했다. 그러면 눈동자가 간지러워지고 나쁜 기분이 멀리 달아난다. 나쁜 기분이 달아나 버리고 나면 왠지 모르게 눈물이 났다. 하지만 그런 말을 누나한테는 하지 않았다.

아무튼 누나는 아이언맨을 기다린다는 내 말을 듣고 나서 웃지 않았다. 그래서 나는 누나도 나처럼 아이언맨을 기다리는 사람일지 모른다고 생각했다. 다시 말하지만, 아이언맨을 기다리는 사람은 아이언맨을 기다리는 사람의 눈이 어떤지 안다.

그런 누나를 보려면 맥도날드 안으로 들어가 햄버거를 사야 한다는 게 문제였다. 이모가 준 돈은 잃어버렸고, 남은 돈으로는 버드 사료를 사야 했다. 하지만 누나 목소리를 듣는 게 나한테는 당장 중요한 일이었다.

나는 누나가 있는 계산대 줄에 섰다. 드디어 내 차례가 되었다. 누나와 나는 서로 한참 바라보았다. 누나가 웃었다. 서로 잘 아는 사이라는 뜻이다.

뭘 드릴까요?

누나가 물었다.

빅맥 세트 하나요.

네, 잠시만 기다려 주세요.

나는 기다리겠다는 뜻으로 어깨를 펴고 서서 기다렸다. 누나를 살피는 짓은 하지 않았다. 당당한 손님처럼 사람들을 구경했다. 의자에 앉아 기차를 기다리는 사람들. 역에서 빠져나오는 사람들. 역사 안으로 들어오는 사람들. 사람들. 사람들. 사람들 틈에 혹시 아이언맨이 있지 않을까. 혹시 형이 있지 않을까.

고객님, 빅맥 세트 나왔습니다.

고객님이라는 말은 정떨어지는 말이지만 누나가 하는 건 참을 만하다. 그래도 아주 참을 만하지는 않다. 그럴 땐 등을 보이고 돌아 나와 뛰는 게 상책이다.

이거 가질래?

내 서운한 마음을 알았는지 누나가 내 뒤를 따라 나와서 뭘 내밀었다. 스파이더맨. 토르. 아이언맨. 플레이 모빌들이었다. 하지만 나는 좋다는 티를 내지 않았다. 형이 그랬다.

진짜 좋아하는 것은 모르는 척 할 줄 알아야 지킬 수 있다. 기억해라!

형은 뭐 하나 가르쳐 주면 "꼭 기억해라!" 난리였다. 자기가 가르쳐 준 걸 기억하지 못하면 내 인생에 큰일이라도 생길 것처럼 굴었다. 아무튼 나는 마지못한 척 아이언맨을 골랐다.

다 가져. 많이 남아서 처리하기 곤란하거든.

누나가 급하게 플레이 모빌을 몽땅 내 품에 떠안기고 매장 안으로 뛰어 들어갔다. 나는 누나가 매장 안으로 들어가 더럽게 어지러운 탁자 위를 치우고, 의자들을 제자리에 정리하고, 쓰레기통 비닐봉지를 들어내는 광경을 보고 있으면 감정이 생겨났다. 모르는 누나가 일하는 광경은 아무리 봐도 감정이 안 생기지만, 나한테 다정하게 말을 걸어 주는 누나가 일하는 모습을 보고 있으면 마음속에서 눈물이 찔끔났다. 그럴 때도 뛰어야 한다. 나는 뛰었다.

누나가 준 플레이 모빌들과 빅맥 세트가 든 비닐봉지를 들고 아무리 날뛰어도 감정이 털어지지 않았다. 그래서 일부러 이상한 사람처럼 절룩거리면서 다니자 사람들이 더 많이 쳐다보았다.

절룩 절룩 절룩.

나는 더욱 엉망진창으로 절룩거렸다. 한참 그렇게 요란 떨며 다녔더니 피곤하기도 하고 배도 고파지고 해서 대형 텔레비전이 가장 잘 보이는 의자를 찾아가 앉았다. 거기 앉아서 햄버거를 먹으며 뉴스나 좀 볼 생각이었다. 형이 말했다시피 사람은 뉴스에 민감해야 한다. 형은 특히 노숙자 아저씨들 뉴스에 민감했다. 노숙자 아저씨들 문제에 형이 민감한 이유는 아버지 때문이었다. 노숙자들 틈에 아버지가 있을까 봐 민감하게 구는 거였다. 하지만 뉴스가 끝나면 형은 이렇게 덧붙인다.

뉴스를 봐야 세상을 안다.

그래서 나도 세상에 관심을 두려고 뉴스에 집중했다. 막 햄버거 포장을 벗기려는데 출구에서 형이 걸어 나오는 게 보였다. 분명히 형이었다. 검은 바람막이 점퍼에 검은 모자 그리고 건들거리며 걷는 모습은 형이 맞았다. 나는 벌떡 일어나 뛰었다.

형.

형을 향해 뛰었다. 뛰면서 계속 불렀다.

형. 형.

그런데 형은 내가 전혀 반갑지 않은 모양이었다. 그저 멀뚱했다. 평소 같으면 어깨를 으쓱하면서 나를 맞을 준비를 했을 것이다. 형은 화도 잘 내지만, 안아 주기도 잘한다. 그런데 그날 형은 나를 안아 줄 생각이 전혀 없어 보였다. 혼자 아이언맨을 찾으러 갔다가 일주일 만에 돌아오는 길이면서 나를 반가워하지 않았다. 나는 그제야 발걸음을 멈추었다. 형이 아니었다.

형과 너무 똑같았다. 그러나 형은 아니었다. 내가 멈춰 서자 그 형은 고개를 한 번 갸웃하고는 가 버렸다.

나는 내 자리로 돌아와 바닥에 떨어진 빅맥을 주워 도로 포장지에 쌌다. 다행히 누가 밟지는 않았다. 그러니 버리기보다는 싸 가서 버드라도 주는 게 나았다. 버드는 햄버거가 바닥에 떨어졌었다는 것을 모를 테니까. 흩어진 감자튀김과 플레이 모빌들을 모두 비닐봉지 안에 쓸어 넣고 일어나서 곧장 역사를 빠져나왔다. 절룩거릴 마음도 없었다. 그것도 기분이 나야 하는 짓이다. 그냥 집에 가고 싶었다.

집으로 올라가는 길에 편의점에서 버드 사료를 사고 나니 삼천 원이 남았다. 가격 할인하는 걸로 샀기 때문에 삼천 원이 남은 거였다.

귀차니 아줌마가 덕수궁 앞에서 봤다던 형도 어쩌면 대합실에서 내가 본 그런 형일지 몰랐다. 가까이 다가가서 확인하지 않으면 형으로 착각하게 생긴 사람들은 광장에도 수두룩하다.

20

맥도날드 누나가 준 플레이 모빌들은 컴퓨터 본체 안에 넣어 뒀다. 신도시에 살 때 쓰던 컴퓨터 본체는 내 비밀 상자가 되었다. 그 안에 뭘 넣어 두면 아무도 모른다.

처음 이사 왔을 때 형은 컴퓨터를 바로 사용할 수 있을 줄 알았다. 하지만 컴퓨터는 눈에 보이는 물품들이 있다고 사용할 수 있는 것이 아니었다. 눈에 보이지 않는 장치가 있어야 했는데, 그건 여간 복잡한 차원이 아니다. 설치 기사가 와서 무얼 연결해야 하고 다달이 돈도 내야 하고, 아무튼 매우 골치 아프다. 형은 정기적으로 꼬박꼬박 돈 내는 일을 가장 싫어했다.

인생이 정기적으로 되는 게 아닌데 어떻게 매달 정기적으로 돈 내는 일을 할 수 있냐?

형이 한 말이다.

마침내 형은 컴퓨터는 피시방에서 쓰는 게 편하다는 결론을 내렸다. 그래서 본체는 내 차지가 되었다. 나는 컴퓨터 본체 속을 다 들어내고 그 안에 소중한 것들을 넣어 두었다. 한 가지 불편한 점은 비밀 상자를 여닫을 때 꼭 본체 뚜껑을 탁, 때려야 한다는 것이다. 그런 다음에는 본체를 아무짝에도 소용없는 물건처럼 벽 쪽으로 밀어 두었다.

양.

버드가 빅맥 냄새를 맡았는지 얼굴로 문을 밀고 들어왔다. 버드와 함께 햄버거와 감자튀김을 나눠 먹으면서 옛날 일을 생각해 봤다.

내가 다섯 살 때까지 엄마와 아버지와 형과 한집에 살았다. 그러니까 우리 넷은 오 년 동안 함께 살았다. 형은 그 시간을 오 년의 경험치라고 했다. 형이 엄마 아버지와 함께 산 시간은 나보다 더 길어서 십삼 년의 경험치가 있다. 아무튼, 형에 따르면 오 년이라는 시간을 공유한다는 것은 인생에서 굉장한 일이라고 했다. 왜 굉장하냐면, '오 년'이라는 시간

이후엔 한 번도 함께 살지 않았고 앞으로도 함께 살 확률이 거의 없을 것이기 때문에 굉장하다는 거였다. 그 말은 그러니까 과거의 시간이라서 굉장하다는 뜻이다.

지나간 것은 뭐든 눈물 나게 그리운 거다, 씨발.

형이 그렇게 말했다.

만일 우리 넷이 계속 함께 살고 있다면 눈물 나게 그리운 오 년은 지금 없을 것이다. 그래서 나는 그 눈물 나게 그리운 오 년을 자꾸 떠올리게 된다. 뭐, 많은 것이 생각나지는 않는다. 다섯 살 이전의 경험은 조각처럼 머릿속을 굴러다닐 뿐이다. 그것들은 덜그럭거리면서 내 머릿속을 돌아다닌다. 시간도 공간도 서로 맞지 않고 갑자기 한 조각씩 툭 튀어 올라 깜짝 놀라게도 하지만, 그런 조각이라도 없는 것보다는 있는 게 낫다.

형 말에 따르면 '오 년의 경험치'는 행복했다고 한다. 나는 행복하다는 기분을 정확하게 모른다. 왜냐하면 나는 내 기분이 뭔지 알 만한 나이에 나를 행복하게 해 주는 사람과 떨어져 살기 시작했기 때문이다.

아무튼, 내가 다섯 살이던 어느 날 우리 가족은 놀이동산에 간 적이 있다. 그날 일은 사진도 있다. 사진첩을 꺼내 확인하지 않아도 나는 훤히 안다. 사진들은 내가 시간 날 때마다 보고 또 보았기 때문에 광장처럼 속속들이 알 수 있다.

하지만 나는 지난 일을 끄집어내 징징거리고 싶지 않다. 형도 없는데 사진첩까지 꺼내 확인하고 싶지는 않다. 어쨌든 오 년의 경험치가 시간 낭비는 아니었다는 것만 알아주길 바란다.

행복에 관해서라면 옆방 누나도 말해 준 적이 있다. 행복했을 때 이야기를 해 달라고 옆방 누나에게 조른 적이 있다. 나의 행복과 누나의 행복이 어떻게 비슷한지 알아보고 싶었다. 그러면 내가 행복했던 오 년을 상상하는 데 도움이 될지 몰랐다.

그때 옆방 누나는 이렇게 말했다.

얘야, 그건 슬픈 이야기란다.

행복이 왜 슬픈 이야기가 돼요?

계속될 수 없기 때문이지.

누나가 뭘 잘못했나요?

뭘 잘못했는지 알 수 없단다. 행복한 사람들은 누구나 아주 성실하단다. 열심히 살지. 그런데도 결국 불행해지고 말아. 그래서 행복했던 때 이야기가 슬픈 이야기가 되는 거란다.

그래서 누나는 왕년 이야기 나오면 소주 마셔요?

내가 그랬니?

네.

너는 어린 나이에 불행을 겪고 있으니 나중에 행복해질

거다.

누나도 나중에 다시 행복해질 거예요.

그럴 것 같니?

네.

대답은 그렇게 했지만 나는 행복에 대해서라면 자신 없었다. 귀차니 아줌마도 옆방 누나도 행복한 왕년이 있고 불행한 현재가 있다. 우리 엄마도 그렇고 아버지도 그렇다. 내가 아무리 엄마와 아버지의 인생을 멋지게 상상해 준다 해도 불행한 것은 불행한 것이다.

옆방 누나를 만나면 지난 인생을 멋지게 상상해서 구축해 두는 일을 몇 살까지 하는 게 좋을지 물어보려 했었다.

밤이 되자 나는 방에서 나왔다. 우리 집에 사는 사람들이 대문 앞에 모여서 수군거리고 있었다. 우리 집은 다세대 주택이다. 집 한 채에 일곱 가정이 산다. 그 일곱 가정에 사는 어른들이 다 모이면 다섯 명이다. 그 어른들이 모여서 무슨 심각한 이야기를 나누고 있었다. 서 있는 자세만 봐도 심각한 이야긴지 웃긴 이야긴지 금방 안다.

너네 집은 아무 일 없니?

2층에 사는 사람이 물었다. 나는 내가 우리 집 대표인 것처럼 되물었다.

무슨 일 있었나요?

너네 옆방 여자 말이야…….

2층에 사는 사람이 입을 열자 다른 사람이 말렸다. 어린애한테 그런 이야기까지 할 거 뭐 있냐는 뜻이었다.

왜요? 옆방 누나한테 무슨 일 있어요?

내가 물었다.

그러니까, 너네 집은 아무 일도 없는 거지?

나는 잠깐 생각했다. 돈이 없어졌다는 것을 말할까? 잘못 말을 꺼냈다가는 사람들이 우리 집 사정을 훤히 알게 될지도 몰랐다. 그건 형이 가장 싫어하는 일이다.

글쎄요.

아무 일도 없으면 다행이다.

왜요? 무슨 일 있어요?

넌 몰라도 된다.

나도 알아야 돼요. 옆방 누나와 나는 친해요.

사람들이 일제히 나를 바라보았다.

친해?

네.

그 여자가 너네 집에서도 돈을 빌렸니?

돈이요?

그래, 돈. 그 여자가 온 동네 사람들한테 돈을 빌려 가지고 도망쳐 버렸다는데.

돈을 가지고 도망쳐요? 누나가요?

그래. 그러니까 너네 집에서는 돈을 빌려 가지 않았다는 거지?

하긴.

아줌마들이 웃었다. 우리 집에서 돈을 빌려 간다는 게 우습다는 거였다. 내가 아무리 우리 집 사정을 숨겨도 형과 내 사정을 온 동네가 다 알고 있다. 그건 아주 자존심 상하는 일이다. 그래서 나는 이모가 돈을 서랍에 넣어 두고 갔으며, 그 돈이 몽땅 없어졌다는 것을 절대 말해 주지 않기로 했다. 공연히 사람들을 즐겁게 만들어 주고 싶지 않았다. 대신 이 말은 해 주었다.

그 누나는 남의 돈 떼먹을 사람 아니에요.

그걸 네가 어떻게 알아?

그 누나랑 친하니까요.

사람들이 나를 또 일제히 바라보았지만, 나는 모르는 체하고 골목을 걸어 나왔다. 옆방 누나 자존심을 내가 지켜 준 것 같아 기분이 좀 괜찮았다. 이제 버드 사료를 사고, 광장

에 나가 봐야 했다. 아니면 광장에 나갔다가 오는 길에 버드
사료를 사도 되었다. 사소한 순서쯤은 상관없다.

그런데 그 여자 술집에서 일한다면서.

술집은 아니래.

그럼?

술집 주방에서 일하는 거라던데.

아, 그랬어?

사람들은 밤새도록 옆방 누나를 두고 수군댈 기세였다.
나야 옆방 누나가 주방에서 일하든 술집에서 일하든 아무
상관 없었다. 나는 옆방 누나가 오늘이라도 돌아와 옆방에
서 다시 살아 주기만 하면 좋겠다.

귀차니 아줌마와 함께 유아차를 밀고 광장 한가운데를 가
로질러 걸었다. 별로 할 말도 없고 해서 옆방 누나 소문을
들려줬다. 그리고 그 소문과 이모가 두고 간 돈이 사라진 일
이 관계가 있을지 물었다.

넌 어떻게 생각해?

그럴 리 없어요.

그럼 그렇게 믿어.

만약 아니면요?

어차피 돈이 돌아오는 것도 아닌데, 뭘.

갑자기 내 마음이 밝아졌다. 내가 옆방 누나를 의심하든 말든 어차피 돈은 돌아오지 않는다. 그러니까 그냥 전처럼 옆방 누나를 사랑하면 그만이다.

그런데 아줌마 저녁 먹었어요?

넌?

낮에 햄버거 먹었어요.

난 낮에 많이 먹었어.

어디서요?

급식소에서.

급식소가 있어요?

생겼어.

맛있어요?

컵라면보다 좋아.

그런데 아기 어디 아파요?

요즘 많이 자.

귀차니 아줌마와 나는 밤바람을 쐬면서 광장을 가로질러 왔다 갔다 했다. 광장에는 무서운 아저씨들이 있지만 아무도 우리를 건드리지 않는다. 광장 사람들도 귀차니 아줌마는 절대 건드리지 않았다. 그 사람들이 보기에도 귀차니 아줌마는 뭔가 굉장히 위험한 인생이었다. 아줌마가 아기와 유아차 하나에 의지해 광장에 나와 산다는 사실 자체가 이미 충분히 무시무시하다는 것을 알고 있다.

그게 바로 사람들이 그 아줌마를 건들지 못하는 이유다.

전에 형이 그렇게 말했다.

다른 사람들한테는 귀차니 아줌마가 무시무시할지 몰라도 나한테는 아줌마가 안 보이면 찾아다니게 되는 사람이다. 무엇보다 귀차니 아줌마 곁에 있으면 편안하다. 어쩌면 아줌마가 세상을 귀찮아해서 그런지도 모른다. 세상을 귀찮아한다는 것은 행복해지려고 아등바등하지 않는다는 뜻이고, 행복 때문에 아등바등하지 않는다는 것은 쓸데없는 일에 진을 빼지 않는다는 뜻이다. 적어도 귀차니 아줌마는 행복이나 불행 따위에는 신경 쓰지 않는다는 뜻이다. 행복이나 불행 같은 것이 아줌마 인생을 어쩌지 못한다는 뜻이다. 그래서 편한 것이다.

아줌마는 정말 모든 게 다 귀찮아요?

응.

그럼 아줌마는 앞으로 행복해질 거예요.

왜?

옆방 누나가 그랬어요. 행복한 사람들은 진이 빠지도록 열심히 산대요. 그래서 결국 불행해지고 마는 거래요. 그런데 아줌마는 진이 빠지지 않을 거잖아요. 그러면 나중에 행복해질 수 있어요. 아줌마.

응.

우리 형도 어쩌면 아줌마처럼 세상이 다 귀찮아서 도망가 버렸는지도 몰라요. 나와 버드를 부양하는 일도 귀찮고. 아줌마.

응.

몇 살이에요?

서른넷.

우리 형은 열여덟이에요. 검정고시 준비하면서 알바도 해요. 돈 벌어서 나랑 버드를 부양해야 하고, 형 자신도 돌봐야 하고, 오토바이도 사야 한대요. 그런데 아무리 죽어라 알바해도 오토바이 살 돈이 안 모아져요. 진짜 이상해요. 돈이 모아진다 싶으면 그 돈을 써야 할 일이 생겨요. 물건이 생기는 것도 아닌데, 그냥 눈에 보이지도 않는 일이 돈을 가져가 버린대요. 저번에는 형이 잘못한 것도 아닌데 자동차 수리비를 물어 줬어요. 형은 몸만 한번 잘못 움직여도 돈이 날아가 버린댔어요. 형은 행복한 사람도 아닌데 진이 빠지게 사는 거라구요. 행복해서 열심히 일하는 사람은 나중에 불행해진다지만, 형처럼 행복하지도 않은데 열심히 일하는 사람은 어떻게 되는 걸까요?

나처럼 돼.

그래도 아줌마는 좋은 시절이 있었다고 했잖아요.

115

그건 내가 착각한 거야.

착각인지 어떻게 알아요?

그때로 돌아가고 싶지 않은 걸 보면 알아.

그럼 그때가 지금보다 불행했어요?

아니.

그런데 왜요?

몰라. 그런데 돌아가고 싶지는 않아.

그러면 아줌마도 진이 빠진 거네요. 아줌마.

응.

후회해요? 광장에 나와 사는 거?

응. 아니.

무슨 뜻이에요?

다 귀찮아.

난 이제 가야겠어요.

귀찮아.

형이 와 있을지 몰라요.

가.

귀차니 아줌마와 내 대화는 하면 할수록 이런 꼴이 되었
다. 그래서 끝에 가서는 결국 둘 다 웃게 되고 만다. 뭐, 나
쁘다는 뜻은 아니다.

22

버드 사료 사고 남은 돈 삼천 원이 주머니에 있었다. 불쑥 삼천 원이 아니라 삼만 원이면 좋겠다는 생각이 들었다. 형이 있을 때는 삼천 원이 삼만 원이면 좋겠다는 생각이나 하면서 걷지는 않았다. 그런데 형이 없고, 또 형이 언제 올지 모르니까 돈 걱정만 하게 된다.

옆방 누나가 동네 사람들 돈을 들고 도망갔다는 게 정말일까. 믿을 수 없는 일이니까 믿지 않기로 했다. 나는 어디까지나 옆방 누나 인생을 멋지게 구축해 주고 싶다.

누나는 왕년에 대학에 다녔다고 했다. 대학까지 다닌 누나가 어쩌다 술집 주방에서 일하는 아줌마가 됐는지는 잘 모르겠다. 하지만 나는 이미 귀차니 아줌마 인생도 알고 엄마나 아버지 인생도 알 만큼 알고 있다. 그러니까 옆방 누나의 진짜 인생이 어떤지 듣지 않아도 알 것 같다.

누나는 왕년에 행복한 사람이었고, 행복한 만큼 진이 빠지게 살았던 인생이었던 것만은 틀림없다. 그런데 그 행복 때문에 불행한 인생을 맞이한 것이다. 누나가 말했다시피 행복이 오는 만큼 불행도 비슷하게 오는 게 지금 세상 사람들 인생인 것 같다. 그러니까 누나의 흔해 빠진 진짜 인생을 들춰내서 들들 볶는 것보다 멋진 인생으로 상상해 주는 게 훨씬 생산적인 일이다.

예전에 영화배우가 되고 싶었단다.

옆방 누나가 말한 적이 있다.

그게 언젠데요?

내가 대학에 다닐 때였지.

그래서요?

영화에 잠깐 출연한 적도 있단다.

멋져요!

내가 진짜 감탄해서 그렇게 말했을 때 옆방 누나 표정은 정말 근사했다. 아주 잠시 동안이지만 진짜 멋진 여배우 같았다.

하지만 그런 건 아무것도 아니란다. 나는 사랑하는 사람을 선택했고, 꿈을 꾸었지. 나는 정말 부지런히 살았단다. 진이 빠지도록 열심히 살고 난 후에는 이렇게 되고 말았어.

나는 진이 빠지도록 열심히 살지 않을 거예요.

그건 쉽지 않단다.

왜요?

세상이 널 가만두지 않을 테니까. 그런데 넌 꿈이 뭐니?

아이언맨을 만나는 거요.

만나서 뭐 하게?

물어볼 게 있어요.

뭘?

그건 비밀이에요.

비밀이 있다는 건 아직 꿈을 꿀 수 있다는 거다. 꿈을 꿀 수 있다는 건 다르게 살 용기를 품을 수도 있다는 거고. 그러다 보면 진짜 인생을 찾을 수도 있을 거다.

인생이 진짜 가짜가 있어요?

그런 것 같아.

진짜 인생은 그럼 뭐예요?

그건 나도 아직 몰라. 하지만 한 가지 분명한 건 모두가 있다고 몰려드는 그곳에는 진짜 인생이 없다는 거야.

그 말을 할 때 옆방 누나 눈은 내가 처음 본 눈이었다. 그때 누나 눈빛은 귀차니 아줌마가 "다, 귀찮아!" 할 때와 비슷한 구석이 있지만, 똑같은 건 아니다.

옆방 누나는 어쩌면 진짜 인생을 찾아갔는지도 모른다. 진짜 인생을 찾자면 돈이 좀 필요할 텐데, 누나가 돈을 구할 곳은 없었을 것이다. 누나도 말했다시피 누나가 일하는 가게 주방은 지옥으로 들어가는 문이라고 했으니까. 지옥에서 누나가 진짜 인생을 찾으러 갈 돈을 마련하기는 쉽지 않았을 것이다. 그러니까 동네 사람들한테 신세를 좀 지기로 했겠지. 만약 우리 집 서랍 속의 돈을 누나가 가져갔다면 오히려 잘된 일일지도 모른다. 그 돈에 대해 형한테 할 말이 있는 것이다.

옆방 누나가 진짜 인생을 찾아가는 데 쓰라고 빌려줬어.

형한테 이렇게 말하면 된다.

내가 좋아하는 누나가 진짜 인생을 찾으러 가는 길에 쓸 돈이니까. 형도 아까워하지 말라고 알려 줄 것이다. 그 돈은 형이 아이언맨 만나러 갈 때 쓰는 돈과 비슷한 거다. 귀차니 아줌마 말마따나 한번 없어진 돈이 다시 돌아오지는 않을 테니까.

집에 도착하자 문 앞에 버드가 앉아 있다가 일어나 길게 기지개를 켰다. 형은 아직 안 온 모양이었다. 형이 왔다면 버드가 문 앞에 앉아 있지 않을 테고, 안에 불이 훤히 밝혀 져 있었을 것이다.

불도 켜지 않고 그냥 침대에 털썩 드러누웠다. 버드가 훌쩍 올라와 옆에 앉아 꼬리로 내 목을 감쌌다. 버드도 형이 이렇게 오래 집을 비우는 동안 뭔가 두려움을 느낀 듯하다. 버드는 겁먹으면 나나 형한테 들러붙는 습관이 있다. 겁먹지 않는 한 들러붙는 일은 별로 없다. 버드 성격이 그렇다.

담을 돌아오는 발걸음 소리가 들렸다. 혹시 옆방 누나인 가 싶었지만 누나 발소리는 아니었다. 옆방 누나 발소리는 힘이 없다. 그러면 지난번에 누나네 방문을 두드리던 아저

씬가?

쾅쾅.

우리 집 문이었다.

야. 집에 있냐?

나는 벌떡 일어났다. 형이었다. 어둠 속에서 버드와 나는 정신 못 차리고 튀어 나가 문을 열었다.

야. 있었네.

우리 형은 아니었다. 형 친구였다. 그래도 반가웠다. 형과 아는 사람은 다 반가웠다.

형 친구가 들어올 자리를 만들어 주려고 옆으로 비키자 손을 내저었다.

아니다. 그냥 말만 전하고 간다.

형 친구가 전하는 말은 이랬다. 형이 오늘 저녁에 형 친구 전화로 연락을 했다는 것이다. 자기는 별일 없고, 나한테 별일 없나 가서 한번 들여다보라고 했단다. 그리고.

그리고?

혹시 이모가 왔나 물어보라더라. 이모 왔냐?

응.

그럼 그 돈 써도 된다더라.

그리고?

그리고…… 아무튼 형 걱정은 말라더라. 곧 온다니까.

아이언맨은 만났대?

내가 물었다.

아이언맨? 그런 말은 없던데.

지금 어디래?

그건 모르고. 무슨 일 있으면 우리 가게로 찾아와라. 난 간다.

나는 형 친구한테 이모가 준 돈이 없어졌다는 말은 하지 않았다. 그 말을 하면 옆방 누나 이야기를 해야 하고 그러면 누나를 도둑으로 만들지도 몰랐다. 형 친구들은 모두 형하고 성격이 비슷해서 버럭하기를 잘한다. 자세한 이유 같은 건 묻지도 않고 무조건 욕부터 하고 볼 것 같았다. 아무튼 그 이야기는 형이 오면 자세히 할 생각이었다. 돈 같은 건 아무래도 좋았다. 형이나 왔으면 좋겠다는 생각뿐이었다. 형이 엄마나 아버지처럼 사라져 버리면 그땐 어떻게 해야 하나, 생각 좀 해 두려 했다. 그런데 형한테 연락이 왔다니까 그것만 해도 다행이었다.

23

형한테 연락이 왔고 이제 기다리기만 하면 된다는 생각에 모처럼 마음이 단순해졌다. 나는 버드 꼬리를 목에 감고 누워서 전에 살던 신도시에 형이 나를 데리고 갔던 날 생각을 했다. 한참 전, 어느 날이었다.

오늘부터 알바한다.

형이 뭔가 으쓱한 기분이 들게 말했다. 그때 나는 형이 알바한다는 사실이 멋졌다. 밤에 다른 형들이 오토바이를 타고 배달 다니는 모습을 보면 '언젠가 나도 멋지게 오토바이를 타고 치킨 배달을 할 것이다.' 생각했다. 그런데 형이 바로 그 배달 알바를 한다고 했다. 아무튼 형은 공부할 때보다 오토바이를 탈 때 더 멋진 게 사실이다.

나는 졸랐다.

나도 태워 줘.

일하는 거다. 노는 게 아니고.

형 말에 힘이 잔뜩 들어가 있어서 더는 조를 수 없었다. 그랬는데 어느 날 형이 오토바이를 빌려 왔다. 그날은 형이 알바하는 식당이 쉬는 날이었다. 수리 맡겨 둔 오토바이를 형이 찾아왔다는 것을 나중에 알았다.

어디 가고 싶냐?

형이 물었는데 막상 가고 싶은 곳이 생각나지 않았다.

형 맘대로 가.

거기 가 볼까.

형과 나 사이에서 통하는 '거기'란 우리가 전에 살던 신도시였다. 나도 바로 거기에 가 보고 싶어졌다. 그곳 이야기는 엄마나 아버지 또는 아이언맨 이야기처럼 함부로 꺼내서는 안 되는 거였다. 그런데 형이 먼저 거기 가 보자고 해서 나는 찔끔 눈물을 짤 뻔했다. 그때만 해도 나는 어렸고, 걸핏하면 눈물을 질질 짰다.

형은 내가 오토바이를 처음 타 보는 데다 아직 어려서 뒤에 탈 수 없다고 했다. 나는 형 품에 파묻혔다. 나는 아홉 살치고 작은 편이었고, 형은 나이보다 큰 편이었다. 내가 작은 걸 두고 형은 내가 태어나지 않아도 될 뻔했는데, 뒤늦게 태어나 생고생하는 바람에 작은 거라고 했다. 이모는 내가 늦둥이라서 불쌍하다고 했는데, 형은 내가 늦둥이라서 귀찮다고 했다. 나는 이모보다 형 말이 더 마음에 들었다. 불쌍한 존재보다는 귀찮은 존재가 되는 게 더 자존심이 선다.

오토바이를 타고 차들이 달리는 큰 도로를 지나는 것은 처음이었다. 무섭지는 않았다. 사거리 신호에 걸려 멈춰 있을 때 나는 '전에 살던 신도시'에 다 왔다는 것을 알았다. 사거리부터는 나도 길을 훤히 알았다. 사거리 근처에 우리가 살던 아파트가 있고, 내가 다니던 유치원이 있고, 조금 더 지나면 아버지가 하던 치킨 가게가 있다. 나는 잘 기억나지 않지만 아버지는 큰 회사에 다니다가 그만두고 치킨 장사를 시작했다고 한다. 나는 아버지가 회사에 다니는 것보다 치킨 가게 하는 게 훨씬 더 좋았다.

아버지가 치킨 가게를 연 뒤로 나는 유치원이 끝나면 아버지 가게에 갔다. 거기서 형이 올 때까지 기다리거나, 아니면 혼자 집에 가 있어야 했다. 나는 아버지 가게에 있는 편이 더 좋았다. 가게에서 기다리고 있으면 형이 오고, 형 친구들도 왔다.

형 친구들은 멋있었다. 나는 형이나 형 친구들처럼 멋이 있어야 한다고 늘 생각했다. 교복 입은 형들을 보면 사족을 못 쓰는 내 습관은 그때 생겼다.

저기다!

내가 손으로 가리켰다.

아버지가 하던 치킨 가게는 변하지 않았다. 치킨 가게 이름도 그대로였다. 치킨 가게 옆에 있는 김밥집도, 그 옆에 꽃가게도, 상점 거리 앞을 지나다니는 사람들도 그대로였다. 변한 건 우리뿐인 것 같았다. 이 거리에서 우리 가족만 쏙 빠져나온 것 같았다. 나는 치킨 가게에 들어가 보고 싶었다. 치킨 가게 문을 열고 들어가면 아버지가 있을 것만 같았다. 그리고 엄마가 있을 것만 같았다.

하지만 형은 그 앞을 휙 지나갔다. 다른 곳보다 더 빨리 지나갔다. 거리에서 아는 사람을 본 것도 같았다. 유치원 친구와 친구의 엄마들. 형이 그쪽은 쳐다보지도 않고 쌩 지나가 버렸다. 나도 눈치가 있어서 그쪽을 보지 않았다. 그 거리는 이제 형과 나에게 어울리는 거리가 아니었다.

그날 집으로 돌아와서 형과 나는 한마디도 하지 않았다. 형은 친구들을 만나러 나가지 않고 방 안에 틀어박혀 있었다. 우리는 텔레비전만 보았다. 형은 무슨 영화 전문 채널만 틀어 놓았다. 그때 나는 아이언맨을 처음 보았다. 아이언맨을 알고는 있었지만 영화를 처음부터 끝까지 본 건 처음이었다.

영화가 끝나고 형이 리모컨을 누르자 세상이 조용해졌다. 형과 나는 어두운 천장을 바라보며 나란히 누워 있었다.

형.

왜?

아버지는 어디 간 거야?

몰라.

누구 만나러 간 건가?

그럴 거야.

누구?

아이언맨.

형과 나는 어둠 속에서 킥킥거리면서 웃었다. 형이 말한 아이언맨은 전에 내가 형한테 했던 말이기 때문이었다. 예전에 형이 나한테 "아버지 어디로 간단 말 없었냐?" 물어본 적이 있었다. 그때 나는 "아이언맨 만나러 간댔어." 하고 대답했다. 형이 그때의 나를 흉내 내서 우스웠던 것이다. 아무튼 나는 형이 되는대로 아무렇게나 대답했다는 것을 알았지만, 아버지 이야기를 계속하고 싶었다.

아이언맨 만나서 뭐 하게?

행복해지게.

아버지가 얼른 아이언맨을 만났으면 좋겠다.

내가 그랬다. 그러자 형이 갑자기 버럭 소리를 질렀다.

쓸데없는 소리 하지 말고 잠이나 자!

하지만 나는 형도 나와 같은 생각을 하고 있다는 것을 알았다. 생각해 보니 형이나 나나 어리기는 마찬가지였다.

24

이번엔 찾을 거다. 찾을 때까지 안 온다.

만일 이번에도 못 찾으면?

이게 마지막이다.

그날 아침 형과 나는 침대에 누워 있었고, 버드는 내 발치에 웅크리고 있었다. 셋 다 깨 있었지만 일어나지는 않고 있었다. 뭔지 모를 그런 시간을 나는 좋아하는데, 그건 형이나 버드도 마찬가지다.

형.

왜?

이번엔 어디로 가는데?

넌 말해도 모른다.

형은 언제나 그런 식이다. 하지만 나는 형이 부산이나 목포, 대구, 대전 같은 곳에 다녀온 것을 안다. 찾으러 다녀와서 시간이 좀 지나 형 기분이 풀리면 나한테 다 말해 주곤 했다.

모든 역을 다 뒤질 거다.

그런 말을 하고 찾으러 가서 하루나 이틀이면 돌아왔다.

어땠어?

내가 물어보면 형은 보통 이랬다.

넌 몰라도 돼.

그러고는 기분이 풀릴 때까지 입을 닫았다. 형은 한번 아이언맨을 찾으러 갔다 오면 한 일주일은 말이 없었다. 형 기분은 그때만 조심하면 된다. 일주일쯤 지나면 언제 그랬냐는 듯 다시 잔소리꾼으로 돌아왔으니까.

형이 아이언맨을 찾으러 갔다 오는 데 일주일이나 걸린

적이 한 번 있었다. 목포역으로 갔을 때였다. 일주일 동안 목포역 주변을 떠나지 않고 기다리다가 돌아온 날 형은 욕부터 했다.

개자식. 찾기만 해 봐. 가만두지 않을 거다.

거기선 왜 이렇게 오래 있다 왔어?

내가 물었다.

옛날에 거기 가 본 적이 있다. 그때는 엄마 아버지와 함께였다. 거기서 무화과를 샀고, 치킨을 샀다. 내가 일곱 살 때였다. 넌 아직 안 태어났을 때니 서운해하지 마라. 거긴 엄마 고향 가는 도중에 꼭 지나는 곳이라더라. 왠지 그 근처에 있을 것 같은 생각이 들더라. 거기 없다면 있을 곳은 '딱 한 군데'뿐이다.

어딘데?

넌 몰라도 된다.

형은 이번에 그 '딱 한 군데'에 간 것일까. 그래서 이렇게 시간이 걸리는 것일까.

25

형 혼자 아이언맨을 찾으러 간 지 이 주가 지났다. 날짜가 하루씩 늘어날 때마다 형은 점점 더 나를 외롭게 한다.

개자식.

형이 아이언맨한테 하던 욕을 내가 형한테 했다.

일단 뭘 좀 먹고 광장에 나가 볼 생각이었다. 냉장고 안에는 이모가 넣어 둔 반찬통들이 있다. 그중에서 나는 오징어채무침을 꺼냈다. 형이 좋아하는 반찬이다. 형을 혼내 주기 위해 그걸 다 먹어 버릴 생각이었다. 밥은 없었다. 냉장고에서 커다란 빵 봉지를 꺼냈다. 옆방 누나가 업소용 빵이라고 했는데, 정말 무지막지하게 큰 봉지에 빵이 왕창 들어 있다. 봉지가 아니라 거의 자루였는데, 누나가 우리 냉장고에 넣어 두면서 그랬다.

아침에 하나씩 꺼내 먹어.

그동안 빵 봉지는 거들떠보지 않았다. 고기도 잼도 없는 빵을 무슨 맛으로 먹나. 그런데 밥 대신 그 빵을 꺼내 매콤한 오징어채를 끼워 햄버거라 생각하고 먹었다. 버드 밥그릇에도 빵 하나를 넣어 주었다. 버드 식성은 완전히 길고양이다. 확실히 사료보다는 아무렇게나 먹는 걸 더 좋아한다.

빵 네 개를 더 꺼내 비닐봉지에 넣어 가지고 집에서 나왔다. 버드가 나보다 먼저 빠져나갔다.

멀리 나다니지 마!

잔소리 한번 해 주고 나서 광장을 향해 뛰었다.

광장에 귀차니 아줌마가 보이지 않아서 빵 봉지를 들고 다닐 수밖에 없었다. 아줌마가 있으면 유아차에 매달아 두면 되는데 들고 다니려니 좀 귀찮았다. 아줌마 유아차에는 먹다 남긴 오이, 편의점에서 폐기하는 걸 받아 온 도시락, 새우깡, 아기 기저귀…… 별별 게 다 매달려 있었다. 어느 땐 말리는 중인 파란 블라우스와 아기 옷이 옷걸이에 걸려 있기도 했다. 밤에 긴 그림자를 앞세운 아줌마가 유아차를 밀고 갈 때 보면 '하울의 성'이 걸어가는 것 같다.

빵 봉지를 들고 나는 갤러리로 사용되는 문화역서울 안으로 들어갔다. 내가 서울역 광장에서 가장 좋아하는 곳이긴 하지만 자주 들어가 있기에는 좀 불편한 곳이다. 나는 그 장난감 같은 건물이 신기했다. 옛날엔 갤러리 건물이 서울역이었다고 하는데, 내 눈엔 거인족 나라에 소인족 건물이 끼어 있는 것처럼 보인다. 그래도 귀차니 아줌마가 자주 방문하는 곳이다. 신기하게도 갤러리 안에 있는 사람들은 귀차니 아줌마와 아기와 나는 내쫓지 않았다. 그건 여자와 어린애라서 그렇다고 형이 알려 준 적이 있다. 형 말로는 여자와 어린애와 장애인은 보호받아야 하는데, 가장 보호받기 좋은 곳이 공공 기관이라고 했다. 그러니까 공공 기관 근처에서 노는 게 안전하다고 했다.

문제는 공공 기관이 귀차니 아줌마를 귀찮게 한다는 데

있다. 공공적으로 보호받으려면 온갖 귀찮은 일을 감당해야
한다는 것이다. 그래서 귀차니 아줌마는 정말 못 견딜 날씨
가 아닌 이상 갤러리에 들어가지 않았다.

갤러리 안에서도 아줌마와 아기가 보이지 않자 나는 대합
실로 향했다. 거기에서 기다리는 편이 나을 것이다. 지금이
라도 형이 올지 모르고, 또 갤러리는 아름다운 걸 전시하는
곳이지 형이나 아이언맨이 오는 곳은 아니니까.

한낮부터 개다리춤을 추기에는 흥이 나지 않아서 나는 의
자에 앉아 사람 구경이나 했다. 사람들 관심 받는 것도 귀찮
은 날이 있다.

누가 흔들었다. 눈을 떠 보니 귀차니 아줌마였다. 의자에
앉아 잠이 들었던 모양이다. 귀차니 아줌마는 대합실에 잘
들어오지 않는데, 들어와서 날 깨우는 게 이상해 바라보고
만 있었다.

너 여기 들어오는 거 봤어. 밥 먹으러 가자.

어디로요?

따라와.

아기가 나를 보면서 배시시 웃었다. 아기가 그렇게 웃는
것은 처음이었다. 아기는 나를 보면 온몸을 버둥거리며 좋
아하는데, 그날은 얼굴만 돌리고 웃어서 내가 좀 걱정했다.

아기 어디 아파요?

열 나.

약 먹였어요?

아줌마가 턱으로 유아차를 가리켰다. 유아차 그물주머니에 주황색 약병과 하얀 숟가락이 꽂혀 있었다. 찐득한 게 더러워 보였다. 열이 내리기는커녕 더 오를 것 같았다. 나는 빵이 든 봉지를 유아차 손잡이에 걸었다.

뭐냐?

빵이요.

대답하고 나서, "이따가 우유만 사면 돼요." 했다.

아줌마를 따라 도착한 곳은 근처 교회였다. 우리가 갔을 때는 거의 끝나 가는 판이었다. 하지만 밥은 남아 있었다. 나는 혹시 내 얼굴을 아는 사람이 있을지 몰라 주위를 살폈다. 학교 친구 엄마라도 만나면 소문나는 건 시간문제였다. 엄마들은 세상의 온갖 좋은 일을 도맡아 하기도 하지만 소문내기도 도맡아 하는 사람들이다.

내가 광장에서 아이언맨을 기다린다는 소문은 상관없다. 하지만 공짜 밥을 먹으러 교회에 왔었다는 소문이 나는 건 좀 그랬다. 학교에는 내가 좋아하는 여자애가 몇 명 있어서, 그 애들이 어떻게 생각할지 신경 쓰였다. 아이언맨을 기다린다는 소문은 뭔가 근사한 구석이 있지만 공짜 급식을 얻어먹으러 왔었다는 소문은 아무리 생각해도 근사한 것과는 거리가 멀다.

여기 언제 알았어요?

며칠 됐어. 너도 이제부터 같이 다녀.

난 됐어요. 형 알면 혼나요.

형 안 왔잖아.

형한테 전화 왔어요. 금방 온댔어요.

아줌마가 밥 먹는 나를 빤히 바라보았는데, 아줌마 시선을 모르는 체하는 것은 어려운 일도 아니다. 밥은 맛있었다. 사실 밥에 반찬과 국이 있는 식사를 하는 건 방학하고 나서 처음이었다. 학교에 다니면 적어도 하루 한 끼는 그렇게 먹었다.

밥 먹고 나서 아줌마는 생수도 두 병 챙겼다. 봉사하는 아줌마들이 유아차 바구니에 생수 몇 병을 더 집어넣어 주었다. 나한테는 따로 생수를 챙겨 주지 않아서 다행이었다. 그 사람들 눈에 내가 광장에 사는 아이로 보이지는 않았다는 뜻이니까.

머리가 아팠다. 생각해 보니 아까 역에서부터 계속 그런 것 같았다. 아줌마와 헤어져 집으로 돌아오는데 자꾸 어지럽고 토할 것 같았다.

26

집에 오자마자 그대로 쓰러져 잠들었다. 형과 둘이서 지하철을 타고 '거기' 갔던 꿈을 꾸었다. 형과 둘이 살게 된 지얼마 되지 않았을 때였다. 그때 형은 배달 알바를 하기 전이었다. 면허를 따러 다닌다고 으쓱해 있을 때였다.

거기 가자.

형이 불쑥 말하면 얼른 옷을 차려입고 모자를 찾아야 했다. 거기 갈 때는 아무도 알아보지 못하게 모자를 푹 눌러써야 했다. 모자 때문에 답답해도 상관없었다. 거기 가 본다는 것만으로도 심장인지 간인지 마구 뛰었다.

거기 가서 뭘 할지 정하지 않은 채 형과 나는 무작정 '거기'로 갔다. 가 봤자 우리가 예전에 자주 드나들던 맥도날드에 가서 햄버거나 먹고 오는 게 고작이었다. 햄버거를 먹고 시간이 되면 아파트 단지 안으로 들어가 놀이터 근처를 기웃거렸다. 아니면 놀이터에 먼저 들렀다가 햄버거를 먹고 오거나.

그 놀이터에서는 우리가 살던 아파트가 잘 보였다. 109동 703호에는 이제 다른 가족이 살지만, 나는 그곳을 올려다볼때마다 그 안에 엄마가 있는 것만 같았다. 그래서 더 자세히보려고 미끄럼틀 위에 올라가서 보았다. 어떤 집 베란다 문이 열리고 내 친구 엄마일지도 모르는 아줌마가 옷을 널고 이불을 털었다.

야, 빨리 내려와. 갈 시간이다.

형이 재촉해도 그때만큼은 형 말을 듣지 않았다. 나는 형도 말로만 재촉했지, 사실은 우리가 살던 집을 더 보고 싶어 한다는 걸 알았다. 그래서 그때는 형 말을 무시해도 되었다. 그렇지만 놀이터에 오래 있을 수는 없다. 그 아파트 단지에는 아는 사람이 많았다. 형은 그곳에서 옛날 친구들과 마주치는 것을 가장 겁냈다. 나도 거기서 친구들이나 친구 엄마와 마주치는 게 무섭기는 했는데 형만큼은 아니었다.

그날은 놀이터에 먼저 들렀다가 돌아오는 길에 맥도날드에서 햄버거를 먹었다. 아줌마들이 모여 있다가 형과 내 쪽을 번갈아 바라보았다. 나도 아는 얼굴 같았다. 그 아줌마들은, 그러니까 한때 형과 내 친구들의 엄마들이었다.

저기, 쟤들.

그 집 애들 아냐?

나는 진짜 깜짝 놀랐다. 아줌마들이 형과 나를 대낮에 거리로 뛰쳐나온 원숭이 보듯 신기해했다. 맥도날드 안에 있던 다른 사람들이 다 들을 정도로 수다스럽게 우리를 가리키면서 떠들었다. 그래서 사람들이 일제히 우리를 쳐다보기까지 했다. 마침내 한 아줌마가 일어나 우리 쪽으로 다가왔다.

아, 씨발.

형은 먹다 만 햄버거 따위는 내팽개치고 일어났다. 나를 향해서도 가자고 눈짓을 했다. 그때 나는 얼굴 아는 사람을 만났다는 게 반가웠다. 우리를 향해 다가오는 아줌마는 내 유치원 단짝 친구 엄마였다. 나는 그 친구를 좋아했기 때문에, 그 애가 신고 다니던 분홍 샌들이며 그 애가 입고 다니던 원피스, 까만 벨벳 머리띠는 물론이고 그 애가 싫어하던 세 살 위 오빠와, 나 말고 그 애를 좋아하던 또 다른 유치원 친구까지 다 기억하고 있다. 그래서 달려가 그 아줌마 품에 안길 뻔했다.

씨발, 가자니까.

형이 내 팔을 잡아끌었다.

너 진우 맞지?

뒤에서 아줌마들이 형을 부르는데 형은 갑자기 화가 나 죽겠을 때나 걷는, 뛰는 것보다 빠른 바로 그 걸음으로 나를 끌고 갔다. 내가 아무리 반가운 아줌마를 만났다고 해도 잘 알지도 못하는 거리에서 형을 잃어버릴 수는 없었다. 나는 형을 따라 뛰었다. 형과 나는 눈앞에서 막 신호가 바뀐 건널목을 건너, 그 아줌마들 목소리가 더는 따라오지 못하는 곳까지 가서야 겨우 천천히 걸었다.

아 씨! 왜 이렇게 환해.

형이 화를 내다가 불쑥 물었다.

우리 영화 볼까?

형은 환해서 미칠 것 같은 거리에서 얼른 몸을 숨기고 싶어 하는 것 같았다. 그건 나도 마찬가지였다. 그런 우리 앞에 바로 나타난 영화관에 들어가 형과 나는 영화를 보았다. 무슨 영화였는지는 모르겠다. 형과 나는 그냥 어두운 장소가 필요했을 뿐이다. 그 영화관 안에는 우리 둘뿐이었다. 형과 나 둘만을 위해 영화관이 문을 열고 기다리고 있었던 것 같았다.

영화관에서 나오니 저녁이었다. 얼마나 다행이었는지 모른다. 지하철을 타고 오면서 형은 '거기'에서 아는 사람을 만나는 것만큼 재수 없는 일은 없다고 했다.

왜?

몰라. 그냥!

그러고는 모자를 코까지 눌러쓰고 다리를 꼬고 등을 의자에 한껏 기대고 다리를 흔들어 댔다. 그래서 내 몸까지 떨렸지만, 나는 형을 말리지 않았다. 덜덜 떨리기라도 해야 눈물이 나오는 것을 막을 수 있다.

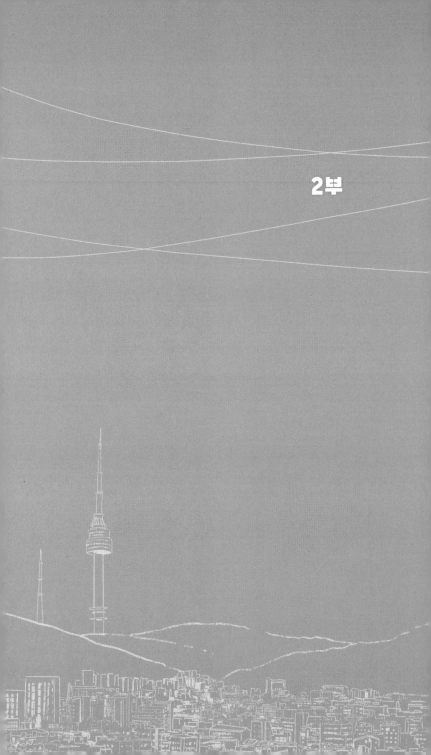

2부

1

옆방 누나가 나를 흔들어 깨우고 있다. 귀차니 아줌마인가? 어쩌면 엄마인 것도 같았다. 누가 나를 흔들어 깨우고 있다는 건 알지만 눈이 떠지지 않았다. 정신은 깨어난 것 같은데 몸이 말을 듣지 않았다. 어지러웠고, 토할 것 같았다. 온몸이 부들부들 떨리는 것도 같았다. 엄마가 내 몸을 일으켜 앉히고 약을 먹였다. 내 등을 쓸어 주고 손가락을 바늘로 찔러 주었다. 그런 다음 다시 눕혔다. 잠결에 실눈을 떴을 때 옆방 누나와 귀차니 아줌마와 엄마가 나를 내려다보고 있었다.

여전히 눈꺼풀이 무거웠지만 어지럽고 토할 것 같은 느낌은 가라앉았다.

야빠. 야빠.

나는 겨우겨우 눈을 떴다. 귀차니 아줌마와 아기가 보였다.

어때?

아줌마가 그렇게 묻는 것 같아서 나는 뭐라고 대답을 해야겠다고 생각했지만 어떤 말을 해야 할지 알 수 없었다. 그래서 이렇게 말했다.

형 꿈을 꿨어요.

너 체한 것 같더라. 더위도 먹고.

아줌마 언제 왔어요?

어제.

그럼 내가 어제부터 이랬어요?

아니. 그저께부터.

그럼 아줌마가 날 살린 거예요?

아니. 버드가.

버드요?

걔가 날 데리러 광장까지 왔어.

나는 버드가 누구를 데리러 갈 때 어떻게 하는지 안다. 버드는 데려가야 할 사람이 자기 말을 알아들을 때까지 쳐다보다가 알아들었다 싶으면 앞서 걷는다. 앞서 가면서 잘 따라오는지 확인하느라 뒤를 돌아보기도 하고 잠시 앉아서 기다려 주기도 한다. 시간이 엄청나게 걸리는 일인데 버드는 끈기 있게 한다. 버드는 그런 고양이다.

나는 일어났다. 몸이 생각보다 가벼웠다. 조금 전만 해도 내 몸이 쇳덩이에 눌린 것 같았는데. 그래서 내 몸에 내가 겁을 먹었는데 막상 일어나니 괜찮은 듯했다.

이거 더 마셔.

아줌마가 소화제를 내밀었다.

체했을 땐 이게 최고다.

나는 아줌마 아기라도 된 것처럼 고분고분 약 한 병을 다 마셨다.

당분간 밖에 돌아다니지 마.

아줌마도요.

아줌마가 픽, 웃었다.

버드는요?

죽 한 그릇 다 먹고 나가더라.

버드가 죽을 먹어요?

양.

자기 말을 하는 줄 알았는지 버드가 방 안으로 들어왔다. 훌쩍 뛰어 침대 위로 올라와서 내 다리에 꼬리를 올리고 뒤돌아 앉았다. 그게 버드 방식이었다.

너도 죽 먹어.

아줌마가 쌀을 찾아내 죽을 쑤어 놔서, 나는 처음으로 흰 죽이라는 것을 먹어 보았다. 내가 아기였을 때 엄마가 죽을 쑤어 줬는지 어땠는지는 모르겠다. 기억에 없으니 말할 수도 없다.

형은요?

왔다면 내가 여기 있겠냐?

아줌마와 나는 동시에 웃었다. 아기도 뭐가 좋은지 따라 웃었다. 아기는 나처럼 더위를 먹었는지 웃는 데 힘이 없어 보였다.

토할 것 같지는 않아서 죽을 먹기가 힘들지는 않았다. 죽을 먹다 말고 나는 내 옷이 갈아입혀져 있다는 것을 알았다. 아줌마를 쳐다보았다.

그래. 너 똥 싸고 토하더라.

기억이 났다. 몸속에 들어 있는 물이 땀 한 방울까지 모두 쏟아져 나오는 꿈을 꿨는데, 꿈이 아니라 사실이었다. 아줌마가 씻기고 닦아 내 준 것도 어렴풋이 기억이 났다.

병원 일부러 안 갔다. 뻔히 아는 병인데 병원 가면 돈만 들지. 당분간 물이나 많이 마셔라.

어차피 병원 못 가요. 삼천 원밖에 없어요.

그 돈도 못 쓰겠더라. 물에 빨아서 말려는 놨는데. 냄새가 지독해.

그러고 보니 방 안에서 희미하게 역겨운 냄새가 나고 온 집 안에 빨래가 널려 있었다.

우리 옷도 좀 빨았다.

아줌마가 빨래를 둘러보았다.

갑자기 광장에 가고 싶어 견딜 수 없었다. 온몸에서 작은 불꽃들이 일제히 터져 오르는 것 같았다. 형이 광장을 가로질러 걸어올 것 같았다. 혹시 내가 광장에서 자기를 기다리지는 않는지 두리번거릴 것 같았다. 형은 광장을 지날 때 두리번거리는 버릇이 있다.

광장에 나가야겠어요. 형이 나를 찾을지도 몰라요.

더 누워 있어.

말은 그렇게 하면서도 아줌마는 벌써 나갈 채비를 하고 있었다. 좁고 어두운 방 안에 있는 것보다 광장에 나가고 싶은 건 아줌마도 나와 마찬가지였다.

2

형이나 이모는 물론이고 귀차니 아줌마나 옆방 누나한테도 솔직히 말하지 않았지만, 나는 엄마와 아버지의 실제 인생을 알아 가고 있었다. 상상으로 구축해 둔 인생 따위는 시시해지고 있었다. 철없는 열 살짜리 아이처럼 말하고 행동하는 게 점점 힘들어졌다.

엄마와 아버지는 서로 사랑해서 결혼했다. 두 사람은 진짜 평범한 사람들이다. 내가 신도시에서 유치원 다닐 때 기억을 떠올려 보면 알 수 있다. 신도시의 다른 엄마들처럼 우리 엄마도 아침이면 나를 유치원 문 앞까지 데려다주었다. 아버지는 다른 아버지들처럼 아침마다 회사로 출근했다.

이모 말에 따르면 엄마와 아버지가 결혼할 때 두 사람은 작은 방 한 칸 얻을 돈밖에 없었지만, 무척 행복했다고 한다. 행복했기 때문에 두 사람은 죽자고 열심히 일했다.

형이 일곱 살이 되자 신도시로 이사했다. 그 무렵 신도시 아파트에 사는 게 대유행이었다고 한다. 엄마와 아버지도 유행을 따라 신도시 아파트를 샀다. 형은 신도시 아파트로 이사 가던 날을 기억하고 있다.

잘 모르겠지만, 인생이 달라졌다는 건 알겠더라.

형이 그렇게 말한 적이 있다.

형과 달리 나는 신도시에서 태어났다. 나는 본래 계획에 없었는데 엄마와 아버지가 신도시에서 새 인생을 시작하는 기념으로 낳은 아이였다. 희망찬 미래가 보장된 아이라는 뜻에서 내 이름을 '희망'이라고 지어 준 걸 보면 그때 신도시 생활이 얼마나 근사했을지 추측할 수 있다.

아무튼 나는 엄마와 아버지가 진이 빠지도록 열심히 일해서 구축해 놓은 멋진 신도시 아파트에서 인생을 시작했다. 형은 칠 년이나 기다려야 했지만 나는 태어나자마자 신도시였다.

신도시 인생은 나를 영어 유치원에 다니게 해 주었다. 유치원에는 나처럼 신도시에서 인생을 시작한 꼬맹이들이 가득했다. 유치원은 병아리 부화장이나 마찬가지라고 형이 말한 적 있는데 정말 그랬다. 몇 명 낙오자가 생기면 다른 아이들이 즉시 그 자리를 채웠다. 나는 어느 날 갑자기 유치원에서 사라진 친구들을 생각할 때가 가끔 있다. '그 친구들은 어디로 갔나? 나보다 먼저 나처럼 되어 있는 것은 아닐까?' 제발 그렇지 않기를 바랐지만, 형은 냉정했다.

그건 모르는 일!

내가 다섯 살이 될 때까지는 형이 말한 신도시 규격 인생에 맞게 살았다. 그때 나는 그런 나 자신을 무척 마음에 들어 한 것 같다. 유치원 친구들과 똑같은 노란 유니폼을 입고 똑같은 남색 가방을 메고 다니는 나 자신을 나는 사랑했다. 한마디로 나는 행복했던 것 같다.

행복한 기분에 취해 열심히 유치원에 다니던 어느 날, 아버지가 회사를 그만두고 치킨 가게를 열었다. 나중에 이모한테 듣기로는, 아버지는 회사를 그만둔 게 아니라 어쩔 수 없이 밀려난 거라고 했다. 이모는 입만 열면 아버지를 "무능한 인간!"이라고 했다.

세상 모든 아버지가 회사에서 밀려나는 건 아닌데 아버지는 바로 그 밀려나는 사람 대열에 끼었다는 것이다. 나는 아버지가 치킨 가게를 차린 게 훨씬 마음에 들었지만, 이모 생각은 달랐다.

너희 아버지가 회사에서 밀려나지만 않았어도, 경험도 없이 치킨집을 덜컥 시작하지만 않았어도, 그 통에 퇴직금을 싹 말아먹지만 않았어도 형과 네가 이렇게까지 되진 않았을 거다!

이모는 이 세상 누구보다 아버지한테 불만이 많았다. 나중에 알게 된 사정은 이랬다. 아버지가 치킨집을 하면서 이모 돈을 좀 빌려 갔는데 결국 못 갚고 망했다는 것이다.

아버지 치킨집이 장사가 안 된다는 것은 나도 알 수 있었다. 그때는 나도 벌써 눈치가 빨랐다. 엄마와 아버지는 늘 싸웠다. 부모가 자주 싸우는 집 아이들은 일찌감치 눈치가 생기기 마련이다. 엄마와 아버지가 싸울 때는 늘 돈이 문제였다. 엄마와 아버지는 나나 형이나 자신들 문제가 아니라 바로 돈 문제 때문에 매일 싸웠다.

아버지는 열심히 사는 일 때문에 빚을 잔뜩 졌다. 이 말은 정말이다. 아버지는 사치하는 사람도 아니고, 도박을 하는 사람도 아니었다. 단지 일을 열심히 하면 할수록 빚이 늘어나는 이상한 사람이었다. 나중에 이모가 아버지 빚을 대충 계산해 봤더니, 우리가 살던 아파트와 치킨집을 전부 팔아도 삼분의 일을 못 갚을 액수였다고 했다.

만일 아버지 치킨집이 장사가 잘됐다면 사정이 조금 달라졌겠지만 그건 하늘의 별 따기보다 어려운 일이라고 했다. 신도시에는 건물마다 갖가지 치킨집이 하나 이상씩 있다. 아버지는 난생처음 치킨 장사를 시작한 사람이라서 더 불리했다. 회사에서 밀려난 아버지들 사이에는 치킨집부터 시작하는 유행이 있었다는데, 아버지도 그 유행을 탔다는 게 문제였다.

그러던 어느 날 '엄청난 사건'이 벌어졌고, 그 사건 이후에 엄마가 사라졌다. 그때 나는 다섯 살이었다. 열 살 때까지 나는 그 엄청난 사건이 기억나지 않았다. 그냥 엄청난 사건이 있었다는 것만 기억했다. 그 사건 이후로 엄마를 본 적이 없기 때문에 기억을 못 했는지도 모른다. 아니면 너무 겁이 났거나.

엄마가 사라진 뒤에 아버지는 혼자서 더 열심히 장사를 했다. 아버지는 이미 불행해져 버렸는데도 정말 열심히 일에 매달렸다. 어린 나도 겁이 날 정도로 열심이었다. 무슨 일이 벌어질 전조라는 것을 나도 알아챌 만큼 아버지는 불행 속에서 죽자고 열심히 일했다. 새벽까지 광고 전단을 붙이러 다녔고, 치킨 가게 홍보 행사를 계속했다. 매일 새벽에 들어왔고, 아침이면 벌써 가게에 나가고 없었다. 형과 나는 어둠 속에 조용히 숨어서 아버지가 진저리 치는 시간을 지켜봐야 했다.

그리고 마침내 우리는 여기로 왔다. 우리란 아버지와 형과 나를 말한다. 그때 나는 일곱 살, 형은 열다섯 살이었다.

처음 이 집에 왔을 때 아버지는 우리와 함께였다. 그때 형은 중학생이었다. 나는 유치원에 등록하지 않았고 아직 초등학생은 아니었기 때문에 온종일 방 안에서 아버지와 같이 있었다. 아버지는 수건으로 얼굴을 덮고 잠만 잤다. 거의 먹지도 않았다.

나는 방 안에만 있기가 갑갑해서 골목으로 나가기 시작했다. 방 안에서 텔레비전을 보는 것도 하루 이틀이었다. 솔직히 어린이 프로그램들이 시시해진 탓도 있었다. 얼마 전까지만 해도 그렇게 재미있던 프로그램들이 갑자기 유치해서 봐 줄 수 없었다. 우리 집 앞 골목에 익숙해지자 나는 다른 골목이나 언덕 아래까지 내려가 쏘다녔다. 하지만 큰길을 건너 광장까지 가지는 않았다. 큰길을 건너면 집으로 돌아오는 길을 잃어버릴 것 같았다.

나는 아주 조금씩 범위를 넓혀 갔다. 언덕을 내려가 어떤 골목에서 돌아야 다시 우리 집이 있는 골목으로 올 수 있는지 머릿속에 지도를 그렸다. 그때는 그게 나의 유일한 놀이였다.

형이 학교에서 돌아올 시간에 맞춰 나도 집으로 들어갔다. 형이 오면 좀 마음이 놓였다. 형은 수건으로 얼굴을 덮고 잠만 자지는 않았으니까. 아버지가 수건으로 얼굴을 덮고 종일 자는 모습은 낯선 골목을 쏘다니다가 길을 잃어버리는 것보다 더 무서웠다. 아무튼 형이 오면 아버지가 일어나긴 했다. 하지만 뭘 하지는 않았다. 그냥 멍하니 앉아 있는 게 다였다.

밥도 형이 하고 청소도 형이 했다. 그래서 나는 방을 더럽히지 않으려고 무척 조심했다. 밥상이 차려지면 아버지는 슬리퍼를 끌고 나가서 소주를 사 왔다. 형도 나도 아무 말도 하지 않았다.

어느 날 오후였다. 그날도 나는 온 동네 골목을 쏘다니다가 우리 골목으로 돌아와 있었다. 집에 들어가기는 싫었다. 그런데 아버지가 나왔다. 추리닝 차림이 아니었다. 옷을 차려입고 등산용 백팩을 메고 있었다. 아버지와 눈이 마주쳐서 나는 시선을 피했다.

가자.

아버지가 먼저 말했다.

어디요?

저 아래.

나는 아버지 뒤를 따라 내려갔다. 아버지는 할머니 설렁탕집으로 들어갔다. 그날 나는 아침부터 굶고 있었다. 냉장고에 먹을 게 없어서가 아니었다. 형이 바빠서 아침을 거르고 가는 날은 나도 굶게 되었다.

설렁탕을 다 먹을 때까지 아버지와 나는 한마디도 하지 않았다. 설렁탕집에서 나오면서 내가 물었다.

어디 가요?

아버지가 대답은 하지 않고 돌돌 말아 노란 고무줄로 묶은 돈뭉치를 내 주머니에 넣어 주었다.

형한테 줘라.

어디 가는데요?

형 말 잘 들어라.

아버지는 딴소리만 했다. 광장으로 넘어가는 계단 위에서 아버지는 손을 내저었다.

들어가라.

그때 아버지 목소리가 너무 어두웠기 때문에 나는 그 자리에 그냥 멈춰 섰다. 더는 아버지를 따라가면 안 될 것 같았다. 아버지가 나를 한 번 돌아봤다.

가래두.

아버지는 계단을 내려가 역 대합실 쪽으로 걸었다.

언제 와요?

내가 생각해도 아버지가 듣지 못했을 것 같았다. 내 목소리는 배 속으로 기어들어 갔다. 아버지는 너무 멀리 있는 데다 사람들 속으로 밀려 들어가고 있었다.

날이 저물어 가고 있었다. 나는 곧장 집으로 가지 않고 동네를 한 바퀴 빙 돌아 집에 갔다. 형이 와 있었다. 나는 아버지한테 받은 돈을 형한테 주었다.

형이 돈을 받아 들고 물었다.

다른 말 없었냐?

없었어.

형이 교복을 벗고 씻는 동안 나는 텔레비전을 틀어 놓고 보았다. 시시하지만 그냥 참고 보았다. 어차피 다른 할 일도 없었다.

4

처음으로 혼자서 광장 한복판에 들어선 건 아버지가 떠나고 한 달쯤 지났을 때였다. 나는 동네를 도는 순서와 시간을 계산하면서 노는 데 익숙해져 있었다. 저녁 무렵이 되면 계단 위에 도착하게끔 동선을 짰다. 그리고 계단 위에서 아버지를 기다렸다. 오래 기다리지는 않았다. 늘 생각보다 빨리 어두워졌는데, 어두워지면 마음이 바빴다. 형이 기다릴 것이다.

어느 날 계단 위에서 광장 한가운데를 가로질러 가는 아버지를 보았다. 검은 점퍼에 검은 바지, 등산용 백팩이 틀림없이 아버지였다.

아버지!

소리쳐 불렀다고 생각했는데 입 밖으로 목소리가 나오지 않았다. 다리가 제일 용감했다. 계단을 뛰어 내려갔다. 곧 아버지를 따라잡았다.

아버지.

바로 앞에서 보니 아버지가 아니었다. 낯선 아저씨였다. 아저씨는 나를 한 번 힐끔 보고는 그냥 가 버렸다. 나는 광장 한가운데 혼자 서 있었다. 처음 혼자 내려와 본 광장은 너무 넓고 무서워서 죽자고 다시 계단을 뛰어 올라갔다. 계단 위에 다 올라가서야 마음이 놓였다. 그날은 뒤도 돌아보지 않고 집으로 갔다.

그러나 이튿날 나는 또 광장 계단 위에 섰다. 아버지가 사람들 사이로 섞여 들어갔던 길을 한참 내려다보다가 한 발을 쓱 내디뎠다. 나는 단번에 아래까지 내려갔다. 어제처럼 겁나지 않았다. 혼자서 한번 광장을 가로질러 걸어 보니 광장은 생각보다 넓지도 무섭지도 않았다.

그날부터 나는 거의 날마다 광장에 나갔다. 광장 구석구석을 익히고 다녔다. 광장을 뒤지고 다니다 보니 점차 광장을 알게 되었다. 광장뿐 아니라 광장 주변에 고정적으로 머무르는 사람들과 광장을 스쳐 지나가는 사람들을 구별하게 되었다.

나는 언젠가 아버지가 광장으로 돌아오리라 생각했다. 여기서 떠났으니 이곳으로 돌아올 것이다. 그래서 날마다 광장에 나가 놀았다. 거기서 놀다 보면 언젠가 아버지와 만나게 되리라 생각했다.

5

어디로 간단 말 없었냐?

아버지를 광장까지 바래다준 지 한 달도 더 지난 어느 날 형이 불쑥 물었다. 나는 나도 모르게 이렇게 말했다.

아이언맨 찾으러 간댔어.

뭐? 아이언맨?

응.

그게 말이 되냐?

몰라. 아버지가 그랬어.

내가 우겼다.

정말이냐?

아버지 오면 물어봐.

형은 나를 빤히 바라보더니 더는 묻지 않았다. 형은 교복 셔츠와 양말을 벗어 대야에 던지고 물을 붓고 세제를 풀었다. 형이 빨래하는 모습을 나는 한참 바라보았다.

아버지가 집을 나간 뒤 한동안 형은 아버지 휴대폰으로 전화해 보는 눈치였다. 하지만 아버지와 통화했다는 말은 없었다. 나도 형 몰래 아버지한테 전화해 봤지만 받지 않았다. 그러다가 어느 날부터 다른 사람이 받았다. 모르는 사람이었다. 그 사람이 다시는 전화하지 말라면서 화를 냈기 때문에 그 뒤로는 전화하지 못했다. 형도 더는 전화하지 않는 것 같았다.

그때만 해도 형은 중학생이었고, 이 동네에 익숙하지도

않았다. 형은 과학자가 될 만큼 공부를 잘하는 편이 아니었지만 과학자가 되고 싶어 했다. 형이 과학자가 되고 싶어 한 이유는 인류의 미래 같은 것과 상관없다. 형은 아이언맨, 엑스맨, 스파이더맨처럼 개인기를 갖추는 게 꿈이었다.

난 능력자가 될 거다! 뭐든 상관없다. 무조건 능력자가 될 거다.

형은 그렇게 단순한 꿈을 꾸고 있었다. 아버지가 도망가고 나서 형은 자기 꿈을 버려야 한다는 것을 알았다.

이제 죽었다 깨어나도 능력자가 될 수 없다.

형이 그렇게 말한 적 있다.

형은 고등학교에 배정받았지만 입학식부터 가지 않았다. 그러고는 기다렸다는 듯이 날마다 싸우고 들어왔다. 봄부터 여름까지 형의 싸움질은 계속되었다.

그러던 어느 날 형이 선언했다.

이제 그만 싸운다.

왜?

나는 엉뚱하게도 그렇게 물었다.

다 평정했다.

나는 '평정'이라는 말의 속뜻을 정확히 몰랐지만 아마 형이 대장이 된 거라고 생각했다. 내 생각이 맞았다. 형과 어울려 다니는 형들이 나한테 하는 걸 보면 알 수 있었다.

문제는 형이 평정한 친구들이 우리 집에 너무 자주 몰려와 있다는 거였다. 나는 그게 불만이었기 때문에 광장에서 보내는 시간이 더 길어졌다. 내가 광장에서 시간을 보내는 것보다 더 불만인 건 형 친구들이 몰려왔다 가고 나면 방 안이 엉망진창이 된다는 거였다.

6

어느 날 아주 위험한 일이 우리 방에서 터졌다. 형 말에 따르면, 그 일 때문에 형과 내가 위험한 처지에 놓인 아이들이라는 사실이 확실해졌다고 했다.

형 친구 중에는 누나들도 있었는데, 그 일은 바로 그 누나들 때문에 일어났다. 형 친구 중에서 내가 잘 아는 누나는 세 명이었다. 내가 잘 안다는 말은 그만큼 우리 방에 자주 왔다는 뜻이다.

세 명 중에 나는 한 누나가 특히 좋았다. 그 누나는 내 눈동자를 간지럽게 만드는 맥도날드 누나와 닮았다. 긴 생머리를 하나로 묶고 다녔는데, 나는 심심할 때마다 '누나가 머리를 풀면 어떨까?' 상상했다. 그 누나가 딱 맥도날드 알바 누나만큼 상냥한 것도 좋았고, 우리 집에 올 때면 내가 좋아하는 피자나 양념통닭을 들고 오는 것도 좋았다. 우리 방을 차지하려면 나한테 잘 보여야 한다는 것을 알고 베푸는 친절이라 해도 괜찮았다. 그 누나는 아버지가 엄청 부자라고 들었는데, 그래서인지 온갖 신기한 물건을 많이 가지고 다녔다. 그 누나가 우리 방에 두고 간 게임기가 아직도 있다. 그런데 그 누나가 주동자가 되어 우리 방에서 문제를 일으켰다.

그날 누나 세 명이 낯선 누나 한 명을 데리고 왔다. 처음 보는 누나였는데 눈화장을 무리하게 해서 어디까지가 눈인지 잘 알 수 없는 누나였다.

넌 좀 나가 있어 줄래?

내가 좋아하는 누나가 만 원을 주면서 말했다. 형이 그랬다. 이 방의 주인은 나이기 때문에 내가 싫으면 싫다고 해도 된다고 했다. 그런데 그때 나는 딱히 싫지는 않았다. 그래서 물었다.

왜?

우리끼리 중요한 할 일이 있어. 넌 광장에서 조금만 놀다 와라, 응?

누나가 지금까지 본 중 가장 친절한 모습으로 말하는 바람에 나는 그만 알았다고 말해 버렸다. 방에서 나왔더니 밖이 너무 환했다. 광장에 갈 마음이 생기지 않았다. 그렇다고 피시방에 갈 수는 없었다. 만일 피시방에 갔다가 형한테 걸리면 진짜 큰일이다. 형한테 걸리지 않아도 이 동네엔 형의 눈과 귀가 널렸기 때문에 내가 피시방에 들락거렸다는 소리가 형 귀에 들어가는 건 시간문제였다. 꼭 형이 무서워서 피시방에 안 가는 건 아니었다. 어둡고 답답한 곳에 틀어박혀 있는 동안 아버지가 광장에 왔다가 가 버릴 수도 있었다. 나는 광장으로 향했다.

아이언맨은 낮에 올지도 모른다.

그때는 귀차니 아줌마도 아직 광장 식구가 아니었고 내가 특히 좋아하는 맥도날드 알바 누나도 없을 때였다. 나는 그때까지만 해도 광장에 고정적으로 오는 사람들과 사귀지 않았다. 고정적이지 않은 사람들이 더 편했다. 고정적이지 않은 사람들은 나를 아는 척하지 않았다.

누구 기다리냐?

그냥 이렇게 묻는 정도의 관심을 주었는데 그게 편했다.

광장 여기저기 실컷 쏘다니고 사람들도 구경하고 햄버거도 먹고 어두워져서야 나는 집에 돌아왔다. 누나들은 가고 없었다. 불을 켰다. 방 안에 뭔가 이상한 일이 벌어져 있었다. 누나 셋은 없고 처음 본 누나만 바닥에 웅크린 자세로 누워 있었다. 나는 누나를 흔들어 깨웠다. 아무리 흔들어도 누나가 깨어나지 않는 건 겁이 나도 참을 만했는데 누나 눈에서 피가 흘러나오는 모습은 견딜 수 없을 만큼 너무 무서웠다. 형이 그랬다. 무슨 일이 생기면 일단 3층 주인집으로 올라가라고. 나는 3층으로 뛰어 올라갔다.

주인 할아버지가 내려왔고 일이 굉장히 복잡해졌다. 진짜 경찰이 오고, 구급차도 왔다. 골목 사람들이 전부 나와 구경했다. 나는 우리 골목에 그렇게 많은 사람이 살고 있는 줄 그때 처음 알았다.

형 친구들과 누나들이 모두 경찰에 가서 조사받았다고 했다. 그날 방 안에서 누나들끼리 무슨 일을 벌인 건지 나는 끝까지 알 수 없었다. 나중에 형한테 듣기로는 눈을 다친 누나가 거의 한 달이나 병원에서 입원 치료를 받았고, 어쩌면 평생 정신과 치료를 받아야 할지도 모른다고 했다. 중요한 건 내가 좋아하던 누나와 다른 누나들이 학교를 옮겼다는 사실이었다. 이 동네에서 더는 그 누나들을 볼 수 없게 되었다.

이 모든 것보다 더 중요한 사실이 있었다. 그 누나들이 일으킨 사건 덕분에 경찰까지 형과 나의 속사정을 알게 되었다. 그래서 형과 나는 그 구역 사회 복지과 사람들을 만나야 했다. 그건 정말 귀찮은 일이었다.

제길.

형이 그렇게 욕할 정도였다.

그렇지만 주인집 할아버지 덕분에 아버지가 나쁜 사람이

되는 건 막았다. 말했다시피 주인 할아버지는 예전에 경찰이었다. 그래서 공공 기관과 공권력이 돌아가는 사정을 잘 안다. 집주인 할아버지와 아버지 사이에는 우리가 모르는 소식통이 있다는 것도 그때 알았다. 아버지는 집을 떠나기 전에 주인집 할아버지한테 우리를 부탁했고, 다달이 집세도 보내온다고 했다. 주인집 가족이 여태 우리 모르게 우리를 돌봐 주고 있던 것도 그때 알았다.

어쩐지.

형 말마따나 이유 없이 친절할 리 없었다. 사회 복지과나 경찰이나 아주 바쁜 곳이다. 애들 아버지가 요즘 돈 벌러 외지에 좀 나가 있을 뿐이라고, 여태 말썽 없이 조용히 살아왔다고 집주인이 적극적으로 변호하는 우리를 굳이 신경 쓸 만큼 한가하지 않다.

형은 욕을 했지만 나는 사회 복지과가 예의는 있다고 생각했다. 적어도 사회 복지과는 성가시게 굴고 나서 나 몰라라 하지는 않는다. 아버지의 사정을 이리저리 조사해 보고 나서 형과 내 몫으로 생활비를 보조해 주겠다고 했다. 약간 귀찮은 과정이 있었지만, 정기적으로 돈이 생기는 것이다.

형은 그 정기적인 수입을 달가워하지 않았다. 정기적으로 돈이 들어온다는 걸 아버지가 알게 되면 영영 우리 앞에 나타나지 않을지도 모른다고 했다.

그 자식을 찾아야겠다.

형이 처음 그 말을 했을 때가 바로 그 정기적인 일이 생겼을 때였다. 형이 말한 그 자식이란 아버지였다.

누나들이 사건을 일으킨 뒤로 우리 방에 형 친구들이 몰려오는 일은 없어졌다. 그건 잘된 일이라고 형이 말했는데 나 역시 같은 생각이었다.

형은 경찰들과도 알고 지내는 사이가 되었다. 그건 귀찮은 일이지만 안전한 일이라고도 했다. 열두 명의 부모보다 경찰 지구대 한 곳과 친하게 지내는 게 낫다고도 했다. 나는 형이 가르쳐 준 대로 광장에서 놀다가 위험을 느끼면 경찰 지구대 사무실로 슬쩍 들어가 있곤 한다. 언젠가 커서 영화배우가 되면 지구대에 근무하는 경찰 역할을 해 보고 싶다고 생각한 적도 있다. 진짜 경찰이 되고 싶은 마음은 없다.

7

아프고 나서 며칠 동안 걸핏하면 구역질이 나고 진땀이 솟았다. 낮에는 너무 더우니 교회 급식소까지 가는 것도 고민을 좀 해 봐야 했다. 하지만 급식소에 가기는 해야겠다.

옆방 누나가 냉동실에 넣어 준 빵도 다 먹었기 때문에 밥을 먹으려면 급식소에 가야 했다.

전에 귀차니 아줌마가 급식소에서 한 끼를 먹어야 다음 날 아침까지 마음이 편하다고 한 말이 생각났다. 아마 쓰레기통을 뒤지지 않아도 된다는 뜻이었을 거다. 쓰레기통을 뒤지는 것까지는 괜찮은데, 쓰레기통을 뒤져서 찾아낸 음식이 상한 줄 알면서도 배고프면 먹게 되는 게 문제였다. 교회에서 점심 급식을 든든히 먹고 나면 적어도 상한 햄버거는 먹지 않아도 된다. 그래서 마음이 편하다는 말이겠지.

어쨌든 귀차니 아줌마도 보고 싶었고, 빵이 아닌 밥을 먹고 싶었다.

날씨가 뜨거워 급식소는 교회 건물 안으로 옮겨졌다. 귀차니 아줌마는 멀리서도 눈에 띈다. 아줌마는 파란 블라우스를 입고 있었다. 아무래도 교회에 있자면 외출용 옷을 입는 게 나았다. 파란 블라우스는 노숙자티를 감출 수 있다.

옆방 누나는 옷차림이 신분이나 마찬가지라고 했다. 높은 신분과 낮은 신분이 있는 게 아니라, 안전한 신분과 위험한 신분이 있다고 했다. 그런데 위험한 신분일수록 옷차림이 이상하다고 했다. 옷차림은 일종의 표시라고 했다. 그렇지만 옆방 누나도 위험한 신분이기는 마찬가지인데 예쁜 옷을 주로 입으니까 그 말도 딱 맞는 말은 아닌 듯하다.

내가 먼저 식판에 밥을 담아 와 아기가 앉아 있는 유아차를 지키는 동안 아줌마가 밥을 가지러 갔다. 아기가 손을 휘젓다가 뜨거운 닭고기 국물에 델까 봐 식판을 아기한테서 멀리 떨어뜨려 놓고 기다렸다.

아줌마 식판에는 닭고기가 거의 반 마리였다. 교회 아줌마들이 아기 몫까지 챙겨 준 모양이었다. 귀차니 아줌마는 나에게 남기지 말고 다 먹으라는 말을 반복했다. 나도 그럴 생각이었다. 아기는 국물에 밥을 말아 먹였다. 전에 돼지고기를 씹어 먹일 때는 잘 먹더니 그때만큼 잘 먹지 못하는 것 같았다.

아직도 아파요?

아기를 보면서 내가 물었다.

더위 먹은 거 같다.

아줌마도 아기 걱정을 했다. 결국 아줌마가 아기를 들어 올려 무릎에 앉히고 한 숟갈씩 떠먹이자 아기가 조금씩 받아먹었다. 교회에 있는 아줌마 중에 학교 친구 엄마가 보였지만 나는 모르는 체했다. 그 아줌마도 나를 모르는 체해 주는 것 같았다. 호들갑 떠는 아줌마가 아니라서 다행이었다.

귀차니 아줌마는 교회에서 시간을 보낼 거라고 했다. 나까지 교회에 있을 수는 없어서 먼저 집으로 돌아가는 길에 햇볕이 너무 뜨거워 토할 것 같았다. 약간 어지럽기도 했다.

마침 길거리에 나뒹구는 종이 모자를 주워서 썼다. 그랬더니 조금 나은 것 같았다. 편의점 앞을 지날 때 아이스크림이나 음료수를 사 먹고 싶은 생각이 들었지만, 돈이 없다는 것을 떠올렸다. 나는 언덕을 뛰어올랐다.

방에 들어오자마자 며칠 전 내가 아플 때 귀차니 아줌마가 빨아서 말려 둔 삼천 원을 반으로 접어 주머니에 넣었다. 어쩌면 쓸 수 있을지 모른다. 맥도날드나 편의점이라면 사람이 북적일 때는 돈이 더럽다는 것 가지고 트집 잡지 않을지도 모른다.

버드 사료통에 사료를 부어 주고, 그릇 가장자리를 탕탕 두드렸다. 버드가 집 주변에 있다면 알아듣고 올 것이다.

어쩌면 오늘 형이 올지도 몰랐다. 그러면 더러워진 삼천 원은 쓰레기통에 처넣어 버릴 것이다.

8

이튿날 밤늦게 광장에 나갔다. 그날 낮에 급식소에서 귀차니 아줌마를 만나지 못했기 때문이다. 귀차니 아줌마가 점심을 먹으러 오지 않았으면 광장에 있을 것이다. 그런데 낮에는 너무 뜨겁기 때문에 나오지 않고 밤에 나올 것이다.

나는 광장을 천천히 한 바퀴 돌았다. 깊은 밤의 광장에서는 다친 척도 개다리춤도 필요 없다. 자정이 넘어선 시간이면 관심 줄 사람들도 별로 없다. 백화점도 문을 닫고, 맥도날드나 배스킨라빈스 알바 누나들도 없다. 대합실도 한가하다. 남은 사람들은 노숙자들뿐이다. 아니면 귀차니 아줌마와 나, 경찰 지구대 형들처럼 뭔가를 기다리는 사람들만 남는다.

아무리 찾아도 아줌마가 보이지 않았다. 아줌마가 없는 광장은 다른 때보다 몇 배는 넓다. 나는 계단 위 난간에 걸터앉았다. 광장을 한눈에 내려다보기엔 거기가 제일 좋다.

형이 있다면, 그래서 내가 밤늦게까지 광장을 쏘다닌다면, 형이 찾으러 올 것이다. 형은 배달하는 중에도 가끔 집에 들른다. 내가 집에 없으면 광장으로 나를 데리러 왔다. 형이 오토바이를 타고 광장을 가로질러 오는 소리를 나는 안다. 검은 헬멧에 검은 바람막이 점퍼를 입은 형이 오토바이를 몰고 광장을 가로질러 오는 모습이 훤하다. 뒤에 빨간 배달 상자를 매단 검은 오토바이가 요란한 소리를 낸다. 광장 사람들이 모두 지켜보는 가운데 형 오토바이에 올라타는 순간은 얼마나 짜릿한지 모른다. 그 순간을 위해 밤늦게까지 광장에 있는 것이다.

형.

왜?

그냥.

싱겁긴, 새끼.

이런 순간을 기다리는 것이다. 아니라면, 형이 말한 바로 그 순간을 기다리는지도 모른다. 아이언맨이 오는 그 순간. 그 순간을 놓치면 안 된다고 형이 말한 적이 있다.

예전 언제였다. 그날도 형은 아이언맨을 찾으러 간다고 했다. 열다섯 살이 되기 전에는 형을 따라갈 수 없다는 것을 알면서도 나는 졸랐다. 형이 나를 데려가면 돈이 두 배로 든다는 것을 알면서도 졸랐다.

넌 여기서 기다려라.

싫어.

여기서 기다리는 게 더 중요할지 모른다.

어째서?

만일 아이언맨이 온다면 여기로 올 거다.

아니면.

여기 아니면 갈 데도 없다. 그러니까 넌 여기서 기다리는 일을 맡는 거다. 그 자식이 왔다가 허탕 치지 않게 넌 여기서 지키고 있는 거다. 알겠냐!

그날부터 나는 기다리기만 하는 게 아니라 지키는 역할도 했다. 수많은 사람이 지나다니는 광장과 대합실을 지키는 일은 엄청나게 중요하다고 형이 말했다.

그게 왜 중요해?

내가 물었다.

아무 희망도 없이 기다리는 일이기 때문이다.

희망도 없는데 왜 기다려?

아이언맨은 희망이 있건 없건 온다.

그때부터 기다렸다. 벌써 이 년을 기다렸다. 아버지가 올 마음이 있다면 벌써 왔을 것이다. 어쩌면 아버지는 가끔 몰래 와서 형과 내가 자라는 모습을 살펴볼 수도 있다. 형이 고등학교를 그만두고 검정고시를 준비하고 있으며 배달 알바를 한다는 것을 알고 있을지 모른다. 또 내가 초등학생이 되었으며, 급식소에서 밥을 먹는다는 것도 알고 있을지 모른다. 어쩌면 그동안 훌쩍 자란 형과 나를 알아보지 못했을 수도 있다.

아무튼 그 모든 예상보다 확실한 건 한 번도 내 앞에 나타나지 않았다는 사실이다. 그래서 아무 희망도 없이 기다리는 일이 되었다. 희망이 있건 없건 기다려야 하는 일이 된 것이다. 그래서 엄청나게 중요한 일이라는 말이다.

형은 아버지를 찾으러 여러 번 갔었다. 아마 열두 번은 갔을 것이다. 그러나 아버지를 만난 적은 한 번도 없다.

내가 물었다.

뭐 하러 찾아다녀?

형은 한참 생각하는 눈치였다. 형이 금방 대답하지 않을 때는 자존심이 상했거나 여자애들한테 잘 보이려고 할 때인데, 그날은 좀 달랐다. 나한테 잘 보일 일이 뭐 있나.

어차피 못 찾을 텐데.

내가 한 번 더 재촉했다.

어쩌면 아이언맨이 날 볼지도 몰라.

봤으면 왜 모른 척하겠어?

자존심 빼면 시체잖아. 아무튼 내가 찾아다니고 있다는 걸 알려 줄 생각이다. 전국에 있는 역을 다 뒤질 거다. 그러면 찾지는 못하더라도 소문은 들을 거다.

내가 여기서 기다리고 있다는 소문도 들을까?

너무 기대는 마라. 그냥 하는 거다.

형도 너무 기대는 마. 그냥 해.

알았다. 자식.

형은 전국에 있는 역을 다 뒤질 거라고 했지만 이번이 마지막이라고도 했다. 형은 포기한 것일까. 아니면 이번엔 찾을 수 있다고 생각한 것일까.

나는 난간에 걸터앉아 다리를 흔들면서 생각하다가 밤이 더 깊어져서야 집에 갈 마음이 생겼다.

그런데 귀차니 아줌마는 종일 어디에 있는 걸까? 돌아오는 길에 버드를 만나서 둘이 앞서거니 뒤서거니 장난 좀 쳤다. 그러고 났더니 기분이 좀 나아지는 듯했다.

9

형 없이 혼자서 그렇게 오래 지내 보기는 처음이다. 이모한테 전화해야 할지도 몰랐다. 방학이 끝날 때까지 형이 오지 않는다면 그래야 할 것이다. 그렇지만 이모한테 전화하는 건 최후의 일이다. 이모한테 전화했다가 공연히 형만 잔뜩 피곤하게 만들지 않으려면 조심해야 한다. 전에 형이 며칠 집에 안 들어온 적이 있는데 그때 이모한테 전화했다가 큰 소동이 났었다. 그 뒤로 나는 이모한테 절대 전화하지 않는다.

하지만 당장은 이모가 아니라 누구한테건 전화가 하고 싶었다. 형이 없고 돈도 없어서가 아니다. 혼자 있는 게 너무 싫증이 날 때가 있다. 누구와 함께 있고 싶은 마음 때문에 쩔쩔맬 때가 있는 것이다.

내가 아는 전화번호는 이모와 형이 일하는 식당 전화번호뿐이다. 형 친구 전화번호도 몇 개 알고 있다. 형은 가끔 친구 휴대폰을 빌려 다녔다. 형은 이 동네에서 대장으로 통하기 때문에 형이 마음만 먹으면 누구 휴대폰이든 빌려 다닐 수 있다. 하지만 멀리 갈 때는 빌려 가지 않는다. 다른 형들한테도 전화는 중요하고, 또 그 형들은 부모가 있다. 아무튼 이모나 식당이나 형 친구들이나 형 소식을 모르기는 마찬가지다. 그러니 전화하고 싶어도 할 수가 없다.

아침에 배가 고파서 깼다. 형이 있었다면 배가 고프건 안 고프건 일어나야 할 시간에 일어났을 것이다. 형은 자기 생활은 엉망이면서 내 생활 규칙은 엄청 챙겼다.

냉장고 문을 열었다. 이모가 넣어 두고 간 김치통 위에 있던 작은 통을 꺼냈다. 어제만 해도 오징어채무침이 있었던 것 같은데, 착각이었나? 빈 통을 방바닥에 밀어 놓고 버드 그릇에 사료나 부어 주었다. 그릇 가득 부었다가 반 정도 봉투에 도로 넣었다. 좀 아껴야 했다. 오늘 형이 오면 상관없지만 만일 형이 오지 않는다면 버드는 다시 예전처럼 쓰레기통을 뒤지거나 햄버거를 사 들고 가는 어떤 놈 뒤를 따라가야 할 것이다.

김치통 뚜껑을 연 채로 김치를 손으로 집어 먹어 봤다. 편의점에서 먹는 컵라면 생각이 났다. 주머니에 삼천 원이 있지만, 이건 정말 비상용으로 쓸 생각이다. 점심때 급식소에 가서 좀 많이 먹어야겠다. 귀차니 아줌마가 남기지 말고 다 먹어 두라고 했던 말이 떠올랐다.

만일 옆방 누나가 있으면 우리 집 냉장고가 텅 비지는 않을 것이다. 옆방 누나는 주방에서 이런저런 음식을 가져오곤 했는데, 그럴 때면 꼭 우리 집 냉장고에도 넣어 두었다. 뭐, 별건 아니었다. 빵이나, 고깃덩어리나, 과일 통조림 같은 거였다. 누나네 방에는 냉장고가 없어서 상할 만한 음식은 우리 냉장고에 넣어 두는데, 누나는 거의 꺼내 가지 않았다. 그래서 쓸데없이 냉장고가 꽉 차 있을 때가 많았다. 배가 고파서인지 누나가 넣어 두던 빵이 먹고 싶었다. 예전엔 거들떠보지도 않던 빵이다. 고기 패티도 없고 크림도 없는 빵은 관심 없었다.

버드 사료 한 알을 입에 넣고 씹어 보았다. 간이 안 되어 있어서 밍밍했다. 뱉어 내지는 않았다. 버드가 곁에서 빤히 쳐다보고 있어서다.

물을 마시고 더 누워 있으려고 했지만 배가 너무 고파 그럴 수가 없었다. 물을 괜히 마신 것 같았다. 물을 마시기 전에는 못 견딜 정도까지는 아니었는데 물을 마시고 나니 배 속에서 음식을 달라고 난리였다. 김치통을 다시 꺼내 김치를 몇 조각 더 집어 먹었다. 이어서 물을 마셨다. 몇 번 그러고 나니 배가 고픈 것 같지는 않았다. 대신 이번에는 배가 부글부글 끓었다. 밥이나 빵 같은 것이 먹고 싶었다. 버드 사료를 한 줌 입에 집어넣고 씹어 먹었다. 기분이 이상했지만, 배 속에 김치와 물만 들어 있는 것보다는 나았다.

역 대합실에 가서 맥도날드 누나 얼굴이나 잠깐 보고 급식소로 가면 시간이 맞을 것이다. 나갈 준비를 하자 버드도 따라나섰다.

문을 열고 나가니 집주인 할아버지가 낯선 아저씨와 함께 옆방 누나네 문을 열고 있었다. 방을 보러 온 모양이었다. 어제는 어떤 아줌마가 방을 둘러보고 갔는데 방이 마음에 들지 않았나 보다.

며칠 전에 누나네 방에 있는 물건을 모두 치우고 도배하는 모습을 보고 누나는 이제 이 방으로 돌아오지 않을 걸 알았다. 도배하기 전까지는 그래도 기다렸다. 혹시 누나가 한 번쯤은 들르지 않을까 생각했다.

얼마나 급했으면 짐도 못 챙겨 갔어?

몸만 쏙 빠져나갔어.

짐도 없더라구. 냉장고도 텔레비전도 없이 살았어.

이 동네에서 누나네 방에 들어가 본 사람은 나뿐일 것이다. 나는 누나네 방을 좀 아는데, 그 방에는 옷과 화장품 말고는 물건이 별로 없다. 가구도 없고, 옷은 행거에 죽 걸려 있고, 바닥에 매트 한 장만 깔려 있다. 언젠가 내가 방이 너무 깨끗하다고 했더니, 누나가 이랬다.

날아갈 준비를 하는 사람은 살림에 발목 잡히면 안 되는 거란다.

살림이 왜 발목을 잡아요?

내가 묻자 누나가 대답했다.

욕심은 뭐든 발목을 잡는단다.

그 말을 하면서 누나가 내 볼을 톡 때렸는데, 그 순간 나는 막연하나마 욕심이 발목을 잡는다는 말을 알아들은 것 같았다. 하지만 설명은 못 하겠다.

낯선 아저씨는 방 안에 들어가 보지 않았다. 문밖에서 안을 들여다보기만 했다. 그러고는 나를 힐끔 보았다. 기분이 좋지 않았다. 왠지 그 아저씨가 누나 방을 빼앗으러 온 사람 같았다. 나는 집주인 할아버지와 낯선 아저씨 사이 좁은 틈을 기어이 비집고 뛰어나왔다. 그게 내 감정이었다.

아프고 난 뒤로는 걸핏하면 어지러웠다. 그래서 슬슬 걸었다. 원래 슬슬 걷는 덴 취미 없다. 나는 뛰는 게 좋았다. 하지만 태양이 너무 뜨겁고, 조금 전에 먹은 김치를 토할 것 같아서 뛸 수가 없었다.

광장에 귀차니 아줌마가 안 보였다. 귀차니 아줌마도 광장이 너무 뜨거워서 어디 건물 안에 들어가 있을 것이다. 나는 역 대합실 쪽으로 들어갔다. 맥도날드 앞에 가서 안을 살폈다. 내가 좋아하는 누나가 잘 있는지만 보려고 했다. 그런데 누나가 보이지 않아서 한참 찾아야 했다.

너 뭐 하니?

유니폼을 입고 있지 않아서 누나인 줄 몰랐는데, 누나가 뒤에서 나를 불렀다.

누나 알바 그만뒀어?

아냐. 시간 바꿨어. 그런데 너 어디서 뭐 하다 온 거니?

왜?

옷 좀 갈아입고 다녀! 냄새나는 것 같다.

그제야 나는 며칠 전부터 줄곧 같은 옷을 입고 다닌다는 것을 깨달았다. 아플 때 귀차니 아줌마가 갈아입혀 준 옷이었다.

너 그러다 진짜 노숙자 되겠다.

누나는 내 머리를 톡 때리고 나서 맥도날드 안으로 서둘러 들어가 버렸다.

나는 다시 집으로 돌아왔다. 속옷까지 다 벗고 오랜만에 샤워를 좀 했다. 형이 있을 때는 거의 날마다 씻었다. 형은 매일 내가 씻었는지 안 씻었는지 검사한다.

깨끗하게 씻고 옷도 매일 갈아입어라. 그래야 사람들이

함부로 못 한다.

안 씻어도 함부로 하는 사람 없어.

모르는 소리 마라. 더러우면 보호자 없는 티가 난다. 어린 애들은 보호자 없는 티가 나면 언제 어떤 일을 당할지 모른 단 말이다.

형 말대로 꼼꼼히 씻고 옷을 새로 갈아입었다. 새사람이 된 기분으로 급식소로 향했다. 귀차니 아줌마를 만나 아줌 마도 나한테서 냄새나는 걸 알았는지, 알면서도 모른 척해 준 건지 물어볼 생각이었다.

10

그날도 급식소에 귀차니 아줌마가 보이지 않았다. 아줌 마가 있는지 없는지는 딱 보면 안다. 교회 강당은 뻔한 장소 였고, 아줌마는 어디서든 눈에 띈다. 유아차와 아기도 안 보 였다. 차례를 기다렸다가 밥을 받아 자리를 잡고 앉아서도 혹시 아줌마가 뒤늦게 올지 몰라 계속 살폈다. 누구한테 물 어보고 싶었지만 다들 바빠 보였다. 급식 시간이 끝날 때까 지 아줌마는 나타나지 않았다. 혹시 아줌마가 더 좋은 급식 소를 찾아냈나? 아닐 것이다. 만일 그랬다면 나한테 알리지 않았을 리 없다.

혼자 왔네?

급식소 자원봉사 아줌마가 물었다. 급식소 아줌마가 그렇게 물어보는 걸 보니 이곳 사람들도 귀차니 아줌마가 오늘 왜 안 왔는지 이유를 모르나 보다.

네.

그래서 나는 그냥 이렇게만 대답했다.

식판을 두고 나오면서 귀차니 아줌마 옥탑방을 찾아가 볼까 생각했다. 하지만 옥탑방이 어딘지 정확히 몰랐다. 아줌마는 어쩌면 광장이나 대합실에 나와 있을지도 모를 일이다. 어쩌면 거기서 나를 기다리고 있을지도 몰랐다. 나는 또 뛰었다.

뜨거운 한낮의 광장에는 서둘러 지나가는 사람들뿐이었다. 노숙자 아저씨들은 밤이나 되어야 자리를 잡을 것이다. 귀차니 아줌마도 생각이 있으니 이렇게 뜨거운 대낮에 아기를 데리고 광장에 있을 리 없다. 대합실 쪽으로 뛰었다.

대합실은 그럭저럭 시원했다. 하지만 사람이 너무 많았다. 사람들이 조금만 더 모여들면 광장처럼 뜨거워질 거 같았다. 아줌마나 찾아봐야겠다. 맥도날드에서 백화점으로 통하는 길에 유아차 한 대가 보였다. 나는 유아차 쪽으로 갔다. 버려진 유아차였다. 더러웠고, 바퀴가 하나 빠져 달아나고 없었다. 귀차니 아줌마 유아차가 아니었다. 더 살펴볼 필요조차 없었다. 귀차니 아줌마 유아차는 내가 아주 잘 안다. 하지만 누가 유아차를 이런 곳에 버렸는지는 좀 궁금했다.

매장 안에 맥도날드 누나가 보였다. 그러나 지금은 누나보다 아줌마를 찾아봐야 했다. 사람들이 너무 북적거려서 대합실을 살피는 데도 시간이 꽤 걸렸다. 한가한 시간이었다면 대합실에 아줌마가 있는지 없는지 바로 알았을 거다.

이렇게 사람들이 많을 때 다친 척을 하거나 개다리춤을 추면 관심을 모을 수 있을 것이다. 하지만 나는 이제 사람들 관심에는 관심이 없다. 모르는 사람들의 관심 따위는 어린애들한테나 필요하다.

갑자기 나는 두 번 다시 사람들 앞에서 개다리춤을 추거나 다친 척하는 놀이를 하지 못할 것 같다는 생각이 들었다. 그런 놀이를 하는 게 창피하다는 생각이 들었다. 그전까지 창피하다는 생각은 해 본 적이 없다.

한 무리의 사람들이 우르르 자리를 털고 일어난 덕분에 의자 하나를 차지하고 앉았다. 좀 어지럽기도 했고, 앉은 김에 형이나 기다려 줄 생각이었다. 운이 좋다면 형이 올지도 몰랐다. 어쩌면 형이 아버지를 찾아서 함께 올지도 몰랐다. 나는 의자에 앉아 출구 쪽을 바라보았다. 엄청나게 많은 사람이 대합실로 쏟아져 들어오고 또 나갔다. 이렇게 많은 사람들 중에 형과 아버지가 없다는 게 이상할 정도였다.

아이언맨 기다리니?

맥도날드 누나였다. 눈 감고 들어도 누나 목소리는 알아듣는다. 허세를 부리고 싶지도, 거짓말을 하고 싶지도 않은 날이었다. 그래도 맥도날드 누나 앞에서만큼은 맥 빠져 보이고 싶지 않았다. 그래서 명랑하게 말했다.

오늘 올지도 몰라요.

그래?

네.

너네 형 요즘 안 보인다?

형이 아이언맨 데리러 갔으니까요.

그럼 형도 없어?

이모 있어요.

다행이다.

오늘 온댔으니까 걱정 없어요.

너 이거 가질래?

누나가 비닐봉지를 내밀었다.

뭔데요?

흠이 있어서 팔지 못한다고 매니저님이 처리하라 그러네. 알바들끼리 나눠 가지고 남은 건데, 너 안 가져가면 버릴 수

밖에 없어.

그러고 보니 누나가 좀 크다 싶은 봉지를 들고 있었다. 나는 그게 쓰레기봉투인 줄 알았다. 누나가 쓰레기를 버리러 나왔다가 나를 발견하고 인사나 하러 다가온 줄로 알았다. 맥도날드 누나가 들고 있는 봉지는 전에 옆방 누나가 가져온 업소용 빵 봉지처럼 어딘지 험했다. 누나가 존중하는 고객이 들고 다닐 만한 얌전한 봉지는 아니었다.

싫으면 할 수 없이 버려야지, 뭐.

줘요.

쓸데없는 것을 처리해 준다는 식으로 나는 봉지를 휙, 낚아챘다. 귀차니 아줌마가 말했다시피 누가 뭘 준다고 해서 고개까지 숙일 필요는 없다. 마음속으로 몰래 고마워하면 된다. 마음속으로 하는 감사 또한 싫으면 안 해도 그뿐이라 했다. 세상은 감사를 주는 사람과 받는 사람이 적절하게 섞여 살아야 한댔다. 감사를 주는 사람만 사는 세상은 지옥이나 마찬가지라고 했다.

나중에 보자.

맥도날드 누나는 바쁜 게 몸에 뱄다. 걸어가는 뒷모습마저 바빴다. 유니폼을 입지 않아도 마찬가지다.

커다란 봉지를 끌어안고 잠시 더 앉아 있었다. 의자에 앉아 있으니 졸렸다. 집에 가서 낮잠을 자고 싶었다. 나는 일어섰다. 한숨 자고 나서 저녁에 다시 나올 생각이었다. 저녁이면 귀차니 아줌마도 광장으로 나올 것이다. 어디에 있든 저녁이면 광장으로 나오게 되어 있다. 광장에서 뭔가를 기다리는 사람들은 어쩔 수 없다.

11

밤에 다시 광장으로 나갔다. 하울성보다 더 요란한 유아차를 밀면서 광장 한가운데를 천천히 가로지르는 귀차니 아줌마를 찾아다녔다. 광장에 나왔을 때 아줌마를 발견하면 마음이 놓이는데 아줌마가 없으니 허전했다. 혼자 광장을 쏘다니면서 전에 아줌마와 함께 광장을 걸어 다녔던 날 생각을 좀 했다. 그때도 밤이었고, 옆방 누나가 도망가기 전이었다.

아줌마.

응.

아줌마, 아이언맨은 안 올지도 몰라요.

안 와도 그만이야.

그런데 왜 광장에 나와 있어요?

나도 몰라.

언제까지 여기 있을 거예요?

넌?

아이언맨 올 때까지요.

네 아이언맨도 안 올지 몰라.

알아요. 그래도 형은 와요.

형도 안 올 수 있어.

그런 말을 하면서 아줌마와 나는 밤의 광장을 횡단했다.

우리 형은 단순한 싸움꾼이 아니에요.

그럼?

형은 패싸움 끝에 얼굴이 시멘트 벽에 갈려도 그 꼴을 하고 양념통닭을 사 들고 와요. 통닭을 먼저 사 들고 오다가 싸웠는지도 몰라요. 하여튼 형은 자주 싸우니까. 싸운 날 들고 오는 양념통닭 포장은 찌그러지고 양념이 줄줄 새지만 끝까지 들고 오기는 해요. 포장이 그 지경이 된 걸 보면 형은 싸움을 하면서도 내 생각을 한 거예요. 주먹질하는 순간에도 집에서 내가 양념통닭을 기다리고 있다는 것을 잊지 않았다는 말이죠.

형한테 너무 기대는 마라.

아줌마가 갑자기 형처럼 말해서 좀 놀랐다. 아줌마는 가끔은 너무 어른스럽고, 또 가끔은 너무 어린애 같아서 걱정이다.

형이 혼자 아이언맨을 만나러 갔다고 해서 원망하면 안 된다느니, 형과 나는 둘이 살고 있고 우리 둘이 아니면 서로 위해 줄 사람도 없다느니, 같은 말은 꺼내지 않았다. 하지만 아줌마가 형을 나쁘게 생각할까 봐 어떡하든 형을 편들어 주려 했다는 것만은 형이 알아주기를 바란다.

아기는 잠들어 있었다. 아줌마가 유아차 덮개를 씌워 주었다. 유아차 덮개는 투명 비닐로 되어 있어서 덮어도 밤하늘을 볼 수 있다. 그건 좋은 일이다. 광장에 사는 사람은 누구나 밤하늘을 보면서 잘 수 있어야 한다. 그게 광장 사람들의 특권이니까.

밤의 광장을 걷고 있자니 아줌마와 나 그리고 유아차와 아기가 우주 공간 한가운데를 건너가는 별이 된 기분이 든 날이었다.

12

그다음 날도 귀차니 아줌마는 급식소에 오지 않았다. 광장에도 없고 대체 어디서 뭘 하고 있는지 몰랐다. 어제 맥도날드 누나가 준 햄버거가 있어서 급식소에 가지 않아도 됐지만 귀차니 아줌마를 보러 갔던 것이다. 그런데 아줌마는 나 따위는 뭘 하든 관심도 없는 건가? 아니면 어디 좋은 곳을 찾아내기라도 했나? 길거리에 나뒹구는 음료수 팩 하나를 퍽 찼다. 심통이 나서 이 세상 모든 양아치 중에서도 가장 껄렁한 양아치마냥 건들거리며 걸었다.

집에 와서도 마음이 풀리지 않았다. 공연히 버드 꼬리를 잡아당겼다가 도리어 버드한테 하악질만 들었다. 보지도 않을 텔레비전을 틀어 놓고서는 저녁이 될 때까지 잠이나 자려고 침대에 털썩 드러누웠다.

탕. 탕.

누가 우리 집 문을 두드렸다.

형?

나는 뛰쳐나가 문을 열었다. 주인집 젊은 아줌마였다. 주인집 할아버지 아들의 부인인데, 귀차니 아줌마처럼 어린 아기가 있었다. 아줌마도 귀차니 아줌마처럼 아기를 유아차에 태우고 다니지만 광장에는 절대 나가지 않는다.

형 있니?

아줌마가 종이 한 장과 찐 옥수수가 든 비닐봉지를 주면서 방 안을 둘러보았다. 버드는 침대 밑에서 꼼짝하지 않았기 때문에 아줌마 눈에 띄지 않았다.

요즘 형이 안 보이네?

늦게 와요.

집에 있기는 있고?

네. 오늘 아침 일찍 나갔어요. 볼일 많아서요.

그래?

네.

이거 형한테 꼭 전해라.

아줌마는 뭔가 미심쩍다는 듯이 고개를 갸웃하면서 가 버렸다. 아줌마가 가고 나서 나는 방을 한번 둘러보았다. '혹시 형이 없는 티가 나는 게 아닐까' 생각했다. 내 생각엔 형이 있을 때나 다름없는 방이었다. 아무튼 그래도 청소를 좀 해야겠다는 생각은 했다.

주인집 아줌마가 주고 간 종이는 형이 가장 싫어하는 정기적인 공과금 고지서였다. 형은 정기적인 건 뭐든 기분 나쁘다고 했다. 손해 보는 기분이 든다는 것이다. 고지서 따위 책상 위에 집어 던져 놓고 비닐봉지에서 옥수수를 하나 꺼냈다. 봉지에 든 건 모두 다섯 개였고 자주색이었다. 옥수수를 씹으면서 텔레비전 앞에 앉았다. 옥수수는 따뜻하고 쫄깃쫄깃했다. 버드한테도 한 알씩 떼어 주니 옆에 붙어 양양거리면서 계속 받아먹었다. 입맛에 맞는 모양이었다. 남은 옥수수는 밤에 광장에 내려갈 때 가져가려고 챙겨 두었다.

뭔가 이상한 나날이 계속되고 있었다. 맥도날드 누나는 햄버거를 주고, 주인집 젊은 아줌마는 옥수수를 주었다. 급식소 아줌마는 내 식판에 생선 한 토막과 야쿠르트 한 개를 더 올려 주었다. 사람들이 모두 아는 것 같았다. 형이 아이언맨을 찾으러 간 것. 가서 한 달이 다 되도록 오지 않는 것. 그래서 나 혼자 지낸다는 것. 우리 냉장고에 김치밖에 없다는 것. 내 주머니엔 삼천 원뿐이라는 것. 그 모든 일을 사람들이 다 아는 것 같았다.

이건 위험한 일이었다. 형이 가장 신경 쓰는 일이 바로 이런 것이다. 우리 사정을 다른 사람들이 알게 되는 것. 우리가 보호자 없이 사는 아이들이라는 사실을 사람들이 알게 되면 위험해진다고 했다. 형이 그렇게 말했으면 일단 조심해야 했다.

내일부터는 더 깨끗이 씻고 옷도 자주 갈아입어야겠다. 어쩌면 내가 요즘 지저분한 채로 나다녀서 사람들이 눈치챘는지도 모른다. 어쨌든 한숨 자고 일어나서 밤에 광장으로 나가 봐야겠다. 귀차니 아줌마를 만나려면 그래야 한다는 생각을 하면서 깜박 잠들었다.

일어나니 아직도 환했다. 오전인지 오후인지 시간을 알 수 없었다. 오후가 아니라 이튿날 오전이라는 것을 알아차리는 데 한참 걸렸다. 며칠 전 아플 때 말고는 그렇게 정신없이 오래 잔 적이 없어서 좀 당황했다. 시간이 뒤틀려 버린 것 같았다.

버드 역시 뭔가 당황했는지 앞발을 얌전히 모으고 앉아서 나를 빤히 쳐다보고 있었다.

알았다.

버드 그릇에 사료를 부어 주었다.

양~.

버드가 잔소리를 하며 사료를 먹자 이제야 뒤틀렸던 시간이 톱니를 덜컥 맞춘 것 같았다.

시간이 뒤틀려 버린 것처럼 무서웠던 날이 전에도 있었다. 형과 함께 신도시에 마지막으로 갔던 날이다.

그날 아침 형이 갑자기 물었다.

너 약수터 생각나냐?

나는 약수터라는 데를 가 본 적이 없다고 했다.

하긴 넌 너무 어렸을 때라 기억나지 않을 거다.

우리 가족이 살던 신도시 아파트 근처에 낚시터가 있었는데, 아버지가 우리를 그곳에 자주 데려갔다고 형이 말해 주었다. 아파트에서 낚시터까지는 좀 멀기는 해도 걸어서 갈 만한 거리였다. 휴일이면 아파트 단지에 사는 사람들이 많이 갔다. 낚시터 근처에는 높지는 않지만 깊은 산이 있고 약수터가 있었다. 약수터 근처 가장 높은 나무에는 긴 그네가 늘어져 있었다. 아버지가 낚시터에 앉아 물고기를 기다리는 동안 엄마와 형과 나는 약수터 근처에서 시간을 보냈다고 한다.

내 기억에 남아 있는 건 엄마가 그네를 타고 멀어졌다 가까워졌다 하는 광경이다. 그때 나는 엄마가 얼른 그네에서 내려오기를 기다렸던 기억이 있다.

그네는 생각나.

거기 가 볼까?

그날 형은 배달 오토바이가 아니라 친구 오토바이를 빌려왔다. 형이 친구 오토바이를 빌렸다는 말은 서두르지 않아도 된다는 뜻이었다. 천천히 신도시를 돌아보고 낚시터까지가 볼 생각에 벌써 들떴다.

형은 여전히 나를 앞에 태우려고 했다. 나는 뒤에 타겠다고 우겼다.

너를 못 믿는 게 아니다. 만일의 경우를 생각해서 그러는 거다.

결국 나는 오토바이 앞 형 다리 사이에 앉을 수밖에 없었지만 불만은 없었다. 오토바이는 앞에 타는 게 더 시원하다.

형은 신도시를 가로지르는 사거리를 지나갔다. 사거리를 지나 조금 더 가다가 큰 도로에서 방향을 돌려 좁은 산길로 접어들었다. 차 한 대가 겨우 지나가는 비포장도로였다.

'낚시터'

녹슨 푯말이 어느 쪽으로 가야 낚시터라는 말인지 정확히 가리키지 못하고 기울어져 있어서 형이 잠시 주춤하다가 알았다는 듯 속력을 올렸다. 작은 공장 몇 채가 웅크린 곳을 지나갔다. 그러나 산 하나를 돌아 나가도 기대한 낚시터는 보이지 않았다. 어디서 고무 타는 냄새가 났다. 너무 깊숙이 들어온 것 같아서 좀 무서웠다. 그냥 집에 가고 싶었다.

하지만 형은 깊은 산속도 아닌 이 뻔한 곳에서 길은 서로 연결되어 있을 거라고 했다. 막다른 곳에 다다른다 해도 돌아 나가면 된다고 했다. 우리는 한참을 더 들어갔다. 길이 차츰 좁아졌다.

안 되겠다. 저기서 돌아 나가자.

나무판자로 가림막을 세워 둔 초라한 집 앞에 작은 공터가 보였다. 형이 오토바이를 공터 안으로 몰고 들어갔다. 고요했다. 아무 소리도 들리지 않았다.

잠깐 내려 봐라.

땅에 발을 디뎠다. 어디서 새소리가 나고, 무슨 썩은 냄새도 풍겼다. 공기 중에 날아다니는 하루살이와 파리들이 보였다. 그리고 울음소리. 그러니까 '야~옹' 하는 고양이 소리 같은 것이 들렸다. 아주 희미했다. 그런 희미한 동물 소리가 몇 번 들렸을 뿐, 그 이상 다른 소리는 나지 않았다.

형이 공터 안으로 걸어 들어갔다.

그만 가자, 형.

그러나 형은 내 말을 듣지 못했는지 계속 안으로 들어갔다. 나도 형을 따라 들어갔다. 그리고 형과 나는 알아차렸다. 사육장이었다. 가림막 뒤로 돌아 들어가자, 목성이나 화성처럼 보이는 곳이 드러났다. 녹이 슬어 퉁퉁 불어 터진 철제 우리들, 그 안에 흩어진 채 말라붙어 있는 동물들, 이미 파리들도 외면한 듯 오래 방치된 흔적이 사방에 있었다. 사람은 보이지 않았다. 사람들은 사라져 버리고 동물들은 철제 우리 안에 갇혀 있다가 죽은 농장이었다.

그때 갑자기 개들이 짖는 소리가 들려왔다.

왕왕왕왕왕…….

컹컹컹컹컹컹컹…….

깡깡깡깡깡깡깡깡…….

소리는 저 너머 어디에서 일제히 터져 나왔다. 칸막이 너머에 아직 살아 있는 개들이 있는 모양이었다. 크고 작은 개들의 울음소리가 온 산으로 퍼졌다. 형과 나는 죽어라 뛰어가 오토바이 위에 올랐다. 형도 겁을 먹었다. 형의 팔이 떨렸다.

길이 갈라지는 곳으로 되돌아 나왔다. 이제 저 길만 지나가면 아까 우리가 들어온 그 길이었다. 그때 어디서 나왔는지 온통 먼지를 뒤집어쓴 승합차가 갑자기 우리 앞을 가로막고 섰다. 너무 지저분해서 무서운 차였다. 승합차가 우리를 향해 왈칵 달려들 것 같았다. 협박하는 것 같았다. 우리가 왜 이 길에서 나오는지 말하라는 것만 같았다. 형은 승합차가 지나갈 수 있게 오토바이를 구석으로 비켜 세웠다. 승합차가 지나가자 다시 길을 잡고 나왔다. 승합차가 우리가 나온 길로 들어가는 모습이 백미러에 비쳤다. 승합차 운전자도 백미러로 우리를 보는 것 같았다.

형, 정말 여기 맞아?

내가 물었다.

정말 이상하다.

형은 딴소리했다.

왜?

일이 년 사이에 여기가 이렇게 달라질 수가 있냐. 완전히 다른 세계처럼 변했다. 약수터고 낚시터고 다 사라지고 없다. 완전 망해 가는 혹성에 잘못 들어온 것 같다.

길 알아?

탈출하자!

진짜 길 알지?

왜, 화성이나 토성 어디로 튈까 봐 겁나냐? 그래 봤자 이 바닥이다.

형은 장담했지만 어쩐지 길을 잃은 것만 같았다. 형이 왔던 길을 똑같이 되짚어 나가는 것만 봐도 알 수 있었다. 마침내 큰 도로가 보였다. 아까 우리가 들어온 그 도로였다.

형, 집에 가자.

그래. 간다.

오토바이 속력이 높아지나 했는데 형이 속도를 갑자기 확 줄였다. 순간 형과 내 몸이 앞으로 쏠리면서 형이 비명을 질렀다.

저기 봐. 'DANGER'다!

그게 뭐야?

위험 구간이라는 말이다!

결국 그날 형과 나는 낚시터를 찾지 못하고 집으로 돌아왔다. 형이 찾고 싶어 한 낚시터나 내 기억 속에 남아 있는 그네가 흔들리던 약수터는 이 세상에서 사라지고 없었다. 이제 그런 건 없다는 말을 형은 몇 번이나 반복했다. 그 말을 할 때 형은 엄청나게 실망한 사람 같았다. 그렇지 않고는 그런 목소리가 나올 리 없다.

낚시터를 찾아갔던 날 저녁, 형과 나는 몇 시간이고 텔레비전만 봤다. 형은 그날 뭔가 충격을 받은 사람 같았다. 나는 그런 형을 보면서 놀란 마음을 감추고 있었다. 그럴 때는 텔레비전이나 보며 시간을 죽이는 수밖에 없었다.

그런데 형이 갑자기 침대에서 뛰어내렸다.

야, 춰 봐.

형이 개다리춤을 추기 시작했다. 처음에 나는 형이 갑자기 왜 개다리춤을 춰 대는지 이해할 수 없었기 때문에 멍청하게 바라보기만 했다.

너도 이리 와. 이거 재미있다.

나는 형 혼자 춤추는 게 창피할까 봐 마지못해 바닥으로 내려가 흉내나 냈다. 개다리춤은 본래 온몸에서 힘을 빼고 흐느적거리며 춰야 하는데, 나는 한참을 뻣뻣하게 흉내나 내다가 형이 개다리춤을 추는 이유를 갑자기 깨달았다.

언젠가 형이 그랬다.

위험한 상황이 닥치면 개다리춤을 춰라. 그러면 사람들을 웃길 수 있고, 그러면 위험한 상황에서 빠져나올 틈이 생기는 거다.

바로 그거였다. 그래서 형이 개다리춤을 추는 거였다. 나는 형을 따라 온몸을 흔들어 댔다. 그 통에 버드까지 덩달아 침대 아래로 뛰어내려 와 놀랐다고 아웅거렸다. 형이 먼저

194

몸에서 힘을 빼고 축 늘어진 자세를 잡았다. 나도 형 보란 듯이 자세를 잡고 팔다리를 지그재그로 흔들었다. 형과 나는 세상에 둘도 없는 바보들처럼 입까지 헤벌리고 개다리춤을 춰 댔다. 어차피 버드 말고 볼 사람도 없는 방에서는 마음대로 해도 되었다.

음악도 없이 춤을 추고 있자니 형과 나와 버드가 밤하늘 높이 떠오른 별자리가 된 기분이 들었다. 어두운 창공 높이서 내려다보니 그 넓은 광장이 한눈에 다 들어왔다. 광장뿐 아니라 우리가 살던 신도시와 아버지가 있을지 모를 어느 먼 역과 엄마가 살고 있을 낯선 동네까지 다 보였다. 높이 올라갈수록 모든 것이 점점 작아졌다. 마침내 지구가 한눈에 들어왔다. 생각보다 아름다웠다.

아, 제기랄.

형이 한마디 했을 때 갑자기 사람들이 무척 보고 싶어졌다. 형과 나와 버드는 창공에서 내려와 서울역을 한 바퀴 돌고 우리 방으로 돌아왔다.

그날 형이 춘 개다리춤은 아무리 생각해도 기막혔다. 내가 지금까지 본 개다리춤 중에서 그때 형이 춘 개다리춤만큼 근사한 춤을 본 적이 없다. 개다리춤이 가장 근사해 보일 때는 배꼽이 빠질 만큼 웃기게 출 때다. 한마디로 바보 같을 때다. 형과 나는 누가 더 바보 같은지 시합이라도 하는 것처럼 어정쩡하게 다리를 벌리고 서서 팔다리를 지그재그로 흔들어 댔다.

형이 외쳤다.

이제 다시는 거기 안 간다. 알겠냐?

알겠다.

이제부터 거기 가자고 조르면 혼난다. 알겠냐?

알겠다.

그날 이후 우리는 우리가 살던 신도시에 두 번 다시 가지 않았다. 그곳은 이제 우리가 행복했던 신도시가 아니라 떠올리기만 해도 겁이 날 만큼 위험한 곳이 됐으니까 갈 필요가 없다.

14

어두워졌다. 광장에 나가려고 집에서 나왔다. 오늘도 낮에는 너무 뜨거워서 광장에 나갈 수 없었다. 급식소도 가지 못했다. 맥도날드 누나가 준 햄버거가 남아서 굶지는 않았다. 냉장고 안에 아직 옥수수도 있고 햄버거 빵과 감자튀김도 남아 있다. 급식소에 가지 않았기 때문에 귀차니 아줌마를 보려면 광장에 나가야 했다. 어차피 아줌마도 밤에 나올 것이다.

사실은 여전히 얼떨떨했다. 아픈 것도 아닌데 그렇게 오래 자 버렸다는 게 무서웠다. 자는 사이에 어쩌면 형이 왔는데 집에 다녀갈 시간이 없어서 곧장 알바하는 식당으로 갔을 수도 있다는 생각이 들었다. 편의점 앞에서 광장 쪽이 아니라 형이 일하는 식당 쪽으로 발길을 돌렸다. 일단 거기 먼저 가서 형 소식부터 알아보고 싶었다.

식당 앞에는 형 친구들 서너 명이 모여 있었다. 배달 일하는 형도 있고, 일은 하지 않지만 그냥 나와서 노는 형도 있었다. 빨간 배달통이 뒤에 달린 오토바이를 보자 형을 보는 것처럼 반가웠다.

형 친구가 먼저 알아보고 말을 걸었다.

너 왔냐?

다른 형이 물었다.

이모는 갔냐?

갔다가 다시 와 있어.

또 다른 형이 물었다.

집에 별일은 없지?

사실 이모는 집에 없으며, 이모가 두고 간 돈이 없어졌다고 말할까 말까 잠시 망설였다. 하지만 역시 말하지 않는 편이 좋을 것 같았다. 공연히 집안 사정을 자세히 알릴 필요는 없을 것 같았다.

야. 이거 가져가라.

식당 주인아저씨가 급히 나와서 비닐봉지를 내밀었다.

뭔데요?

족발이다. 냉장고에 넣어 두고 먹어라.

얼른 받아라. 형 오면 빨리 일 나오라 하고.

요즘 바빠 죽겠다.

형 친구들이 한꺼번에 야단이었다. 갑자기 창피한 마음이 들어서 뛰어나와 버렸다. 그 자리에 형이 있었다면 창피하다는 생각 따위는 하지 않았을 것이다.

족발을 들고 광장으로 갈 수는 없다. 먼저 집에 들러 냉장고에 족발 봉지를 넣어 두고 다시 광장으로 나가면 된다. 대문 앞에서 형 친구를 만났다. 배달하고 돌아가는 길인데 나를 잠깐 보고 가려고 들렀다고 했다. 형 친구는 오토바이에 엉덩이를 붙인 채 주머니를 뒤적거렸다.

이거 받아 봐라.

돈이었다.

왜?

네 형 돈이다.

싫어.

그냥 받아, 새끼야.

형 친구가 주는 돈을 받으면 형이 영영 돌아오지 않을지도 모른다. 현금 주는 사람을 제일 조심해야 한다고 형이 그랬다. 나만 모를 뿐, 형 친구들은 우리 형이 돌아오지 않으리라는 걸 아는지도 모른다. 그래서 나한테 잘해 주는 것만 같았다. 그래서 받지 않고 버티고 서 있었다.

전에 빌린 돈 갚는 거다. 나 바쁘다.

형 친구가 내 바지 주머니에 돈을 쑤셔 넣고는 급히 오토바이를 몰았다.

일 생기면 와라!

목소리가 골목 저 끝으로 멀어져 갔다. 왠지 힘이 없었다. 사람들이 나한테 뭔가를 주려고 한다는 사실이 더 힘 빠지게 했다. 그건 내가 위험한 상황에 빠졌다는 뜻이다. 형이 있을 땐 사람들이 먹을 걸 주려고 하지 않았다. 특히 형 친구나 형이 알바하는 식당 주인아저씨가 뭘 준 적은 없다. 그런데 형과 나를 아는 사람들이 자꾸 뭘 줬다. 광장에 나가 귀차니 아줌마를 찾아보려 했지만 그럴 기분이 아니었다. 기분 나빴다는 말이 아니다. 진짜 중요한 건 기분이 아니다.

15

귀차니 아줌마를 못 본 지 며칠이나 지났다. 아줌마가 광장에 나와 살기 시작한 이후로 이렇게 오랫동안 아줌마를 못 본 적은 없었다. 아줌마가 지난봄부터 광장에 나와 살았으니까 거의 다섯 달 동안 아줌마와 나는 매일 만나다시피했다. 가끔 하루나 이틀 정도 못 만난 적은 있어도 일주일이 다 되도록 아줌마를 못 만난 적은 없다.

급식소에 가자마자 귀차니 아줌마부터 찾았다. 만일 아줌마가 있다면 금방 눈에 보일 것이다. 줄을 서서 급식을 받아 가지고 자리를 찾아 앉으면서도 계속 살폈다. 귀차니 아줌마가 들어올까 봐 출입구 쪽만 바라보았다.

얘야.

교회 아줌마가 불렀다. 급식 봉사하는 아줌마는 아니었다. 교회에 사는 아줌마 같은데, 전에도 본 적 있었다.

너 유모차 아줌마 알지?

귀차니 아줌마를 말하는 것 같아서 고개를 끄덕였다.

그 아줌마 지금 병원에 있다.

왜요?

아기가 아파서 입원했다더라.

어디 병원이요?

근처야.

어딘데요?

혼자 찾아갈 수 있겠어?

교회 아줌마가 적어 준 메모를 들고 나는 뛰었다. 그 병원은 나도 안다. 광장 근처였다.

밥 마저 먹고 가!

교회 아줌마가 불렀지만, 이럴 때는 못 들은 척하는 게 예의다.

아줌마!

내가 부르자 거대한 파란 블라우스가 천천히 일어섰다. 육인용 병실 오른쪽 한가운데였다. 귀차니 아줌마는 내가 올 줄 알았다는 듯이 놀라지 않았다. 하긴 놀라지 않는 게 아줌마 주특기다.

밥 먹었어?

밥 먹었느냐고 물어보는 것도 아줌마 주특기다.

아줌마는요?

아줌마가 고개를 돌렸다. 아줌마가 고개를 돌린 그곳에 이것저것 먹을거리가 수북했다.

교회 사람들이 갖다 둔 거야.

아줌마가 양념통닭 상자를 꺼냈다. 정말 오랜만에 보는

양념통닭이었지만 나는 아기 안부부터 물었다.

아기는요?

괜찮아. 곧 퇴원해.

아기는 아기들이 잘 걸리는 병에 걸렸다고 했다. 링거를 매달고 잠들었는데, 얼굴이 며칠 전보다 편해 보였다. 아줌마한테 아기 데리고 병원에 가 보라고 진작에 재촉하지 않은 게 후회스러웠다. 하지만 재촉했다 해도 어차피 병원에 올 수 없었을 것이다. 아줌마나 나나 돈이 없으니까.

교회 사람들이 아기가 병원에 입원할 수 있게 나서 주었다고 했다. 문제는 아줌마가 귀찮아하던 사회 복지과 사람들이 또 나섰다는 것이다. 아기가 아픈 것을 빌미로 그 사람들이 아줌마를 엄청 귀찮게 한 모양이다.

그보다 더 귀찮은 일도 있었어.

아줌마 말에 따르면 방송국 사람들이 교회 급식소로 찾아왔다고 했다. 누가 아줌마와 아기와 유아차 일을 방송국에 제보했는데, 방송국 사람들이 진짜로 찾아왔다고 했다. 그 사람들이 와서 아줌마를 몹시 귀찮게 하면서 아줌마와 아기를 잔뜩 촬영해 가고 그게 텔레비전에 나왔다고 했다.

맘에 안 들어.

왜요?

불쌍한 취급 받아서.

사람들은 불쌍한 거 아니면 부러운 거밖에 모른대요.

누가 그래?

옆방 누나가 그랬어요.

사람들이 귀찮다는 말을 못 알아들어.

알아요.

넌 알아들어?

내가 아이언맨 기다린다는 말을 알아듣지 못하는 거랑 같잖아요.

킥.

아줌마가 웃었다. 내가 너무 어른스럽다는 뜻이었다.

그런데 문제는 아줌마가 텔레비전에 나온 게 아니라, 아직 어린 아기가 노숙자 생활을 하는 걸 세상 사람들이 알게 된 거라고 했다. 아기를 빌미로 사회 복지과 사람들이 끈질기게 아줌마를 설득했다. 아줌마는 다 큰 어른이라서 도와줄 명분을 찾기 힘들지만 아기가 아직 어리니까 이런저런 구실을 찾아 도와줄 수 있다는 것이다. 그래서 아기 몫으로 방도 얻어 주고, 아기 몫으로 생활비도 정기적으로 지원해 주고, 아줌마가 원하면 아기가 공짜로 다닐 수 있는 유치원도 알아봐 주고, 아기가 유치원에 간 사이에 아줌마가 다닐 수 있는 직장도 알아봐 주겠다고 했다.

그 사람들 말대로 하는 게 좋아요.

싫다.

그럼 어쩌려구요?

방하고 생활비만 받을 거야.

아기 때문에요?

응.

그럼 이제 광장에 안 나오겠네요.

광장에 나가는 건 그대로야.

왜요?

아이언맨을 기다려야 하니까.

아줌마 아이언맨은 누구예요?

그건 비밀이야.

나는 아줌마 눈을 바라보았다. 아줌마도 내 눈을 바라보았는데, 광장 밖으로 멀리 달아나는 눈이 아니라서 다행이었다. 아줌마한테 아기가 있어서 더 다행이다. 어쩌면 아기가 아줌마를 붙잡아 두는지도 모른다. 아기가 없었다면 아줌마는 벌써 우주 차원으로 달아나 버렸을지도 모른다. 아줌마는 그러고도 남을 사람이다.

아줌마가 양념통닭 알루미늄 포장지를 활짝 펼치면서 계속 먹으라고 재촉했다. 나무젓가락을 쪼개 주고, 콜라 뚜껑을 열어 주었다.

남기지 말고 다 먹어.

또 그 말이었다.

형 왔어?

아직 안 왔어요.

연락도 없어?

곧 온다고는 했어요.

그럼 오겠지.

네.

형에 관해서라면 아줌마나 나나 더는 할 말이 없었다. 형은 제멋대로이고 나는 기다리는 사람이라는 걸 아줌마도 알고 있었다.

열다섯 살이 되면 나도 아이언맨을 찾으러 갈 거예요.

열다섯?

형이 그랬어요. 열다섯이 되면 마음대로 갈 수 있대요.

열다섯도 어린 나이야.

지금도 갈 수 있어요. 하지만 형이 나를 어리게 보니까 어린 척할 뿐이에요.

하긴.

왜요?

나는 열세 살 때부터 혼자 서울 친척 집에 와서 살았거든.

열아홉 살에 온 거 아니구요?

누가 그래? 열아홉이라고?

소문에요.

열아홉에 처음 혼자 살게 되었다는 소문이겠지.

내가 잘못 들었을 수도 있어요.

열세 살 때 나는 지금 나보다 더 어른스러웠어.

하긴요.

왜.

지금 아줌마는 어린아이 같잖아요. 다 귀찮다고만 하고.

그래. 다 귀찮아!

아줌마와 나는 이런 점이 통했다.

먹어!

아줌마가 양념통닭 상자를 내 앞으로 바싹 밀어 주었다. 병실 사람들이 나를 구경하거나 말거나 나는 아줌마가 펼쳐 준 양념통닭을 열심히 먹었다. 다 식어 빠졌지만, 양념통닭은 양념통닭이다.

양념통닭은 역시 멕시카나가 맛있어요.

난 교촌이 좋아.

갑자기 병실 안 다른 사람들도 양념통닭 맛을 놓고 저마다 한마디씩 했다. 나는 속으로 그래도 멕시카나가 좋다고 생각했다. 왜냐하면 멕시카나치킨은 전에 우리 아버지가 했던 치킨집 이름이기 때문이다.

큰 병원은 광장만큼 구경거리가 많아서 어두워질 때까지 놀고 말았다. 무엇보다 어린이 병실에는 아픈 아이들이 많았다. 아픈 아이들은 좀 웃겨 줄 필요가 있다. 그래서 치킨 한 상자를 혼자 다 해치워 배도 부른 차에 병실에 누워 있는 아이들 보라고 개다리춤을 좀 춰 주었다. 실은 아이들보다도 아이들을 간호하는 어른들이 자꾸 노래 좀 불러 보라고 하기에 노래는 못하고 춤은 좀 출 줄 안다고 하다가 개다리춤을 추게 됐다.

어떤 할아버지는 개다리춤을 따라 추기까지 했다. 그 할아버지의 다섯 살 손자가 교통사고로 다쳐서 입원해 있었다. 다섯 살 아이의 엄마와 아빠는 회사에 다니기 때문에 할아버지가 돌보는데 사고가 나서 죽을 맛이라고 했다. 손자 보는 일은 절대 맡지 말아야 한다고 큰 소리로 말하자, 병실에 있던 어른들이 전부 고개를 끄덕였다.

나를 따라 실컷 개다리춤을 추고 난 할아버지가 오천 원을 주었다. 나는 받지 않으려 했지만, 귀차니 아줌마도 병실 사람들도 모두 받으라고들 난리여서 그냥 받았다. 춤값을 받는 건 처음이라서 얼떨떨했다. 아무튼 여러 가지 일을 하느라 어두워져서야 병원을 나왔다.

16

광장으로 내려가는 계단 위에 섰다. 그날은 더 내려가고 싶지 않았다. 형이 온다면 어차피 이 계단으로 올라올 것이다. 그러니까 이것저것 다 귀찮을 때는 계단 위에 앉아 기다려도 그만이다.

귀차니 아줌마 소식을 알게 돼서 좋았지만, 광장에 귀차니 아줌마가 없으니까 확실히 허전하다. 하지만 아줌마는 아줌마고 광장은 광장이다. 나는 귀차니 아줌마가 광장에 나오기 전부터 광장에 나왔다. 형도 말했다시피 언젠가 귀차니 아줌마가 광장에서 사라져도 나는 광장에서 아이언맨을 기다려야 했다. 그리고 당장은 형을 기다려야 한다.

이번이 마지막이다. 이번에도 못 찾으면 그만둔다.

형 입으로 그렇게 말했으니까 형은 평생 후회하지 않을 만큼 찾아다니는지도 모른다. 형과 내가 마지막으로 신도시 약수터를 찾아갔던 날처럼, 바로 그런 날을 기다리는지도 모른다. 그래서 두 번 다시 아버지를 찾아 나서지 않아도 될 일을 기다리는 것이다.

갑자기 나는 내가 아직도 열 살이라는 사실이 부담스러워졌다. 열 살짜리 아이처럼 구는 일이 너무 귀찮았다.

쳇, 귀찮아!

귀차니 아줌마처럼, 형 친구들처럼, 침을 탁 뱉었다. 그러자 나이에서 좀 자유로워진 것도 같았다.

형과 마지막으로 신도시 약수터를 찾아갔던 날, 그날 밤 형과 둘이서 아무 소리도 없는 방에서 미친 듯 개다리춤을 추던 그날 밤, 나는 내가 이전의 내가 아니라는 사실을 알았다. 그 순간부터 나는 그동안 상상 속에서 구축해 두었던 인생을 모두 버렸다. 아버지의 인생. 엄마의 인생. 형과 나의 인생. 그럴듯한 인생. 아무에게도 불쾌감을 주지 않는 인생. 행복한 인생. 그런 것들 말이다. 그런 것은 아직 어른이 되지 못한 아이들한테나 필요하다. 나는 이제 아이가 아니다.

*

낚시터에 갔던 날 이야기를 조금 더 해야겠다. 형과 내가 신도시에 마지막으로 다녀온 날 밤 말이다. 그날 밤 이야기 중에서 아직 하지 못한 이야기가 남아 있다. 밤이 깊었고, 세상은 무서울 정도로 고요했고, 형과 나는 고요를 깨뜨리면 큰일이라도 날 것처럼 입을 꼭 다물고 개다리춤만 추고 있었는데 형이 갑자기 물었다.

엄마 기억나냐?

응.

그날 일도 기억나냐?

응.

그날 처음으로 형과 나는 엄마에 대해 정직하게 묻고 대답했다.

이제 다 잊는다.

응.

나도 이제 다 잊을 거다.

응.

나는 울지 않았다. 형도 울지 않는데 내가 울 필요는 없었다. 형과 나는 계속 개다리춤을 추었다. 형과 나는 서로를 바라보았다. 그날 형의 춤은 최고였다. 그날 나는 마지막으로 엄마 생각을 했다. 형도 마찬가지였다. 그건 그냥 보면 알 수 있다.

엄마 이야기는 이번 한 번만 하고 두 번 다시 꺼내지 않을 것이다.

내가 다섯 살 때였다. 어느 날 엄마가 엄청난 사건을 일으켰다. 치킨 가게 안에서였다. 엄마와 아버지는 주방에 있었고, 나는 의자에 앉아 있었다. 유치원에서 막 돌아온 참이었다. 분위기가 안 좋다는 것은 다섯 살짜리도 알 수 있었다. 나는 조용히 물이나 마시며 형이 오기를 기다렸다. 형이 오면 같이 집으로 갈 것이다.

드디어 기다리던 형이 오고 나는 일어섰다. 그때였다.

도대체 왜?

주방 안에서 아버지 고함이 터져 나왔다.

힘든 일 다 싫고 너만 편하게 살겠다는 말이잖아, 지금 그 말이!

아버지가 고함치면서 엄마를 몰아세웠다.

맞아! 이런 거 전부 다 성가셔!

엄마가 소리 질렀다

뭐? 성가셔?

그래. 그렇게 죽자고 살았는데 남은 게 뭐야. 빚뿐이잖아.

그래서?

형이 주방 쪽으로 다가갔다. 나도 형을 따라갔다. 엄마는 튀김 기계 앞에 서서 닭을 튀기고, 아버지는 커다란 스테인리스 통을 들고 있었다. 거품 같은 것이 줄줄 흐르는 것으로 보아 설거지 중이었던 듯하다.

다 집어치우겠다는 말이지, 지금?

아버지 목소리가 더 높아졌다. 엄마가 튀김 기계 가장자리를 집게로 탕탕 두드렸다. 튀겨진 닭 조각들이 들어 있는 그물망을 들어 올려 탁탁 털었다. 뜨거운 기름이 사방으로 튀었다. 나는 쩔쩔맸다. 그 모든 게 너무 아슬아슬했다. 엄마가 기름 솥 앞에 서 있는 것. 아버지가 거품이 줄줄 흐르는 스테인리스 통을 들고 있는 것. 모두 장난이었으면 좋겠다고 생각했다. 갑자기 졸음이 몰려왔다. 집에 가서 자고 싶었다. 나는 형 옷을 잡아당겼다. 형이 주방에서 한 발 뒤로 빠져나왔다.

그때였다.

더는 이렇게 살고 싶지 않아!

엄마가 이 한마디를 했다.

이게 다 나 혼자 살자고 하는 일이냐?

아버지였다.

맘대로 해 봐, 어디.

또 아버지였다. 아버지가 들고 있던 스테인리스 통을 바닥에 내팽개치자 엄청나게 요란한 소리가 울렸다.

그때 엄마가 갑자기 자루가 긴 국자 같은 것을 집어 들었다. 그러더니 튀김 기름을 퍼 올려 자기 다리에 쏟아부었다. 아주 순식간에 일어난 일이었다. 아버지도 말릴 틈이 없었다. 엄마가 끓는 기름을 자기 다리에 쏟아붓는 순간 나는 엄마의 눈을 봤다. 엄마 눈은 '이래도? 이래도 나를 내버려 두지 않을 거냐? 정말 이래도?' 그렇게 말하는 것 같았다. 아버지가 비명을 질렀다.

구급차가 왔고, 엄마가 실려 갔다. 그러고는 끝이었다. 엄마는 두 번 다시 우리 앞에 나타나지 않았다.

언젠가 아버지가 말하기를 엄마는 '미친년'이라고 했다. 우리를 떠나서 미친년이고, 자기 멋대로 살려고 도망가서 미친년이고, 도망가려면 그냥 가면 될 일을 자기 다리에 기름까지 쏟아붓는 짓을 하고 가서 미친년이고, 아버지처럼 열심히 사는 것을 미친놈 취급해서 미친년이라고 했다.

나는 엄마가 왜 자기 다리에 기름을 쏟아부었는지 생각할 때가 있다. 화가 너무 치밀어서 그랬다고 사람들은 말했지만 나는 믿지 않는다. 화가 났으면 아버지한테 기름을 퍼부었어야 한다. 엄마는 자기 다리에 기름을 퍼부었다. 엄마는 우리를 떠나기 위해 아주 위험한 방식을 사용한 것이다.

형은 우리가 낚시터에 다녀온 날 그걸 알았고, 그래서 엄마를 잊으라고 한 것이다. 우리가 살던 동네를 잊어야 하는 것처럼 엄마를 잊어야 한다는 것을 형은 그때 알았다. 최후의 방식으로 우리를 떠난 것들은 다시 돌아오지 않는다는 것을 말이다. 우리가 살던 신도시가 그랬고, 엄마가 그랬다. 하지만 형은 나한테 다 말할 수 없었을 것이다. 그때 형은 나를 어린아이로 생각하고 있었다.

나는 일어났다. 광장에 밤이 깊어 가고 있었다. 오늘 형은 안 올 것이다. 하지만 형은 언젠가 올 거고, 온다면 이 길로 올 것이다. 그러니까 내일 다시 나와서 기다리면 된다.

17

아줌마는 아기를 유아차에 태우지 않고 업었다. 아기는 아직 퇴원은 아니었다. 잠시 외출 허락을 받았다. 간호사 잔소리 때문에 아줌마는 양산까지 썼는데, 양산 그늘로 아기를 가려 주느라 무척 애썼다. 나는 뒤를 따라가면서 아기가 양산 그늘에 들어가 있는지 아닌지 계속 살폈다.

아줌마와 아기가 살 방은 반지하였다. 곰팡이 냄새는 나지 않았다. 도배도 되어 있고, 가구도 몇 가지 있었다. 텔레비전도 있었다. 방을 살펴보는 데 오 분도 걸리지 않았다. 사실 방 한 칸에 화장실 한 칸인데 살펴볼 거나 뭐 있나.

냉장고도 있어요.

내가 알려 줬다.

중고야.

이 정도면 새거죠.

귀찮아.

이제 걱정 없어요.

뭘?

아줌마와 아기요.

아줌마가 나를 물끄러미 바라보더니 물었다.

형 소식 아직 없어?

광장으로 오게 되어 있어요.

안 오면?

기다리는 건 다 그리로 와요. 형이 그랬어요. 아이언맨도 그리로 온댔어요.

맞아.

뭐가요?

아이언맨.

아줌마가 기다리는 아이언맨도 광장으로 와요?

응.

그래서 이 근처에 방 얻어 달랬어요?

응.

그럼 앞으로도 매일 밤 광장에서 아줌마 볼 수 있겠네요.

그렇지.

다행이에요.

뭐가?

혼자 기다리는 건 좀 심심하잖아요.

걱정 마.

뭘요?

혼자 기다리게 하지는 않아.

아줌마가 너무 아이처럼 반응해서 좀 걱정이었다. 아기를
제대로 돌볼 수 있을지 걱정이다. 나는 아기가 쑥쑥 자라서
얼른 어른이 되면 좋겠다고 생각했다.

병원 들어가요. 간호사 누나가 시간 지키라고 했잖아요.

나도 안다.

내가 뭘 걱정하고 있는지 눈치챘는지 아줌마가 어른스럽
게 말했다. 문득 아줌마가 아이처럼 구는 게 형과 내가 개다
리춤을 추는 것과 마찬가지라는 생각이 들었다. 아줌마는
위험을 느끼거나 제정신으로는 견디기 힘들 때 아이처럼 구
는 것이다. 형과 내가 위험할 때 개다리춤을 추듯이, 아줌마
는 아줌마 방식으로 위험을 빠져나가는 거라고 생각했다.

아줌마 눈을 빤히 쳐다봤다. 아줌마도 나를 빤히 바라보
았다. 아줌마는 내가 자기 비밀을 알아챘다는 것을 알아챈
게 틀림없다.

내일은 병원으로 오지 마. 방으로 와.

왜요?

퇴원이야.

알았어요.

집들이하자.

우리 셋이?

응. 삼겹살 굽고.

소주도 사요.

만약, 오늘 형이 오면 형도 같이 와.

말은 해 볼게요. 기대는 마요.

킥.

왜요?

너네 형 성질 더러워.

나도 알아요!

…… 아줌마.

응.

형이 올까요?

불안해?

전에 옆방 누나가 아무리 위험한 순간도 지나고 나면 별거 아니라고 했어요.

재수 없으면 평생 힘들 수도 있어.

평생 힘들면 어떻게 살아요.

할 수 없지. 힘들다고 인생이 아닌 것은 아니니까.

말은 쉽죠.

난 요즘 그런 생각을 해. 인생은 자기 책임 반이고, 세상 책임 반이야. 재수 없게 하필 이런 세상에 태어나서 팽개쳐졌다고 해도 자기 책임이 반은 된다는 거. 그러니까 세상이 인생을 빼앗아 갈 수는 없다는 거지.

아줌마와 나는 재수 없는 경우죠?

그럴걸.

재수 없는 인생은 지랄맞대요.

누가 그래?

형이요.

참 좋은 형이다.

형이 오면 그 말 해 줘야겠어요.

무슨 말.

지금 아줌마가 한 말이요.

병원에서 또 저녁때까지 놀았다. 다섯 살 손자가 다치는 바람에 속이 왕창 상해 버린 할아버지와 또 장단 맞춰 개다리춤을 추었다. 병실 사람들이 모두 환호성을 지르고 난리였다. 그 바람에 간호사 누나들까지 구경 와서 나는 좀 우쭐해졌다.

집에 오니 버드가 문 앞에 식빵 굽는 자세로 앉아 있다가 등을 한껏 부풀리며 일어서서 크게 외쳤다.

양. 양. 양.

잔소리가 이만저만이 아니었다.

18

밤에 광장으로 나가면서 형이 알바하던 식당 근처에 들렀다. 식당 바로 앞으로는 가지 않고, 조금 떨어진 곳에서 살펴보기만 했다. 빨간 배달통을 매단 오토바이들 사이에 형친구 두 명이 앉아 있었다. 형이 있는 곳과 없는 곳은 느낌부터 다르다. 형은 없었다. 아는 형이 비닐봉지를 들고 나와 배달통에 싣고 서둘러 오토바이에 오르는 모습이 보였다. 형 친구한테 들키기 싫어 재빨리 좁은 골목으로 들어갔다. 오토바이가 지나가고 나서 다른 골목으로 돌아 나왔다.

밤의 광장은 고요했다. 광장 벽을 따라 노숙자들이 각자 자리를 차지하고 눕거나 앉아 있었다. 광장 생활은 그래도 여름이 좋다는 말을 들은 적이 있다. 한밤에 하늘을 보며 잠들 수 있기 때문일 것이다. 겨울에는 광장에 드러누워 잔다는 건 상상조차 할 수 없다.

귀차니 아줌마는 아직 겨울 광장 생활을 안 해 봐서 다행이다. 코와 귀가 쨍쨍하게 추운 겨울 광장은 아줌마도 아기도 견디지 못할 것이다. 나도 추울 때는 광장에 나가지 못한다. 백화점 문 닫는 시간까지 백화점 안을 돌아다니거나 대합실에서 잠깐 노는 게 다였다.

겨울이 지나면 올 거다.

아버지가 떠난 해 겨울에 형이 그랬다. 하지만 아버지는 오지 않았다. 또 겨울이 왔다.

이번 겨울이 지나면 올 거다.

형이 똑같은 말을 했다.

왜 그렇게 생각해?

내가 물었다.

밖에서 사는 게 얼마나 추운지 알았을 거다.

그러나 아버지는 오지 않았다. 언젠가 기차역 근처에서 얼어 죽은 아저씨 이야기가 뉴스에 나왔을 때 형은 저기 가 봐야겠다고 했다. 형은 그 남자가 아버지일지 모른다고 생각하는 것 같았다. 하지만 형은 그 역에 직접 가 보지는 않았다. 그 남자가 진짜 아버지일까 봐 겁이 났을 수도 있다.

나는 슬슬 대합실 안으로 들어갔다. 이 시간이면 맥도날드 누나는 없을 것이다. 얼마 전에 일하는 시간을 바꿨다고 했다. 오늘은 귀차니 아줌마도 광장에 나오지 않을 것이다. 병원에서 퇴원한 뒤에도 아기는 계속 약을 먹어야 했다. 아기가 완전히 나을 때까지 몸조리 잘 시키라고 간호사 누나가 몇 번이나 당부했다. 아무리 귀차니 아줌마가 광장을 좋아해도 아픈 아기를 끌고 나오지는 않는다.

대합실 안 의자는 거의 비어 있다. 단체 여행을 가는지 형과 누나들 몇 명이 모여 있고, 대형 텔레비전이 잘 보이는 자리에 몇 사람이 앉아 있다. 나는 대합실을 천천히 한 바퀴 돌았다. 아주 커다란 홀 같지만, 막상 한 바퀴 돌아보면 별로 크지 않다.

출구에서 사람들이 하나둘 빠져나왔다. 기차가 도착한 모양이다. 나는 한 명 한 명 놓치지 않고 살펴보았다. 형이 있을지 모른다. 어쩌면 아이언맨이 있을 수도 있다.

넌 여기서 기다려라.

아이언맨은 이곳으로 온다.

형이 그렇게 말했다. 처음에는 아버지를 기다리러 광장에 나오기 시작했다. 하지만 이 년이나 지난 후로는 아버지를 기다리는 일은 크게 중요하지 않았다. 나는 아이언맨을 기다리기 시작했다.

형과 나는 '아이언맨'을 두고 약간 견해 차이가 있다.

아이언맨 찾으러 간다.

형이 그렇게 말할 때는 아버지를 찾으러 간다는 말이다.

아이언맨을 기다린다.

내가 그렇게 말할 때는 아버지가 아닌 '뭔가'를 기다린다는 뜻이다. 언제부터 그렇게 되었는지는 나도 잘 모르겠다. 하지만 내가 기다리는 아이언맨은 딱히 아버지는 아니다. 어쩌면 그것은 내 이름 같은 건지도 모른다. 엄마와 아버지는 오 년 동안이나 나를 '희망'이라고 불렀고, 그 후에는 형이 계속 '희망'이라고 불렀다. 학교 선생님들도 그렇게 부르고, 친구들도 그렇게 부르며, 나를 아는 사람들 모두 그렇게 부른다. 십 년 동안 그런 이름으로 불리고 나면 누구든 나처럼 생각하기 마련이다.

아무튼.

그날 밤 대합실에서 출구를 빠져나오는 사람들을 구경하다가 의자를 찾아 앉았다. 출구를 정면으로 볼 수 있는 의자에 앉아서 출구만 노려보았다. 그러고 있으니 이대로 기다리기만 해서는 안 된다는 생각이 들었다. 사람들 관심이 좀 필요했다.

한동안 사람들 관심이 필요하지 않았다. 형이 없는 사이에 좀 아팠고, 꼭 아픈 것 때문은 아니었지만 내가 좀 달라지기도 했다. 그래서 사람들 관심 따위는 필요 없을 것 같았다. 두 번 다시는 사람들 관심을 끌기 위해 개다리춤 따위를 출 필요 없을 줄 알았다.

그런데 관심이 필요했다. 나를 위한 관심이 아니라, 나를 알리기 위한 관심이 필요했다. 내가 여기서 형을 기다리고 있다는 것을 알리기 위해 사람들 관심이 필요했다.

나는 일어섰다. 대형 텔레비전 화면에 스케이트보드를 탄 아이들이 뒷골목을 가로질러 가는 장면이 나왔다. 몸이 움찔거렸다. 견딜 수 없는 게 아니라, 견뎌서는 안 되는 어떤 것이 있다. 나는 다리를 벌리고 허리를 구부렸다. 온몸에서 힘을 빼고 개다리춤을 추기 시작했다. 개다리춤은 본래 천천히 시작해서 서서히 속도를 높여야 한다. 형이 가르쳐 준대로 나는 팔다리를 흔들었다. 출입구를 향해. 혹시 지금이라도 저 출구에서 걸어 나올지 모를 형이 나를 금방 발견할 수 있도록. 지그재그로 흔드는 팔과 다리가 점점 빨라졌다. 음악 따위 없어도 된다. 어차피 개다리춤에는 음악이 필요하지 않다.

단체로 모여 서 있던 형과 누나들이 휴대폰을 꺼내 나를 찍었다. 그런 순간을 바라고 있었다. 나는 알리고 싶었다. 형한테, 아버지한테 그리고 엄마한테 알리고 싶었다. 귀차니 아줌마처럼 방송에 나오고 싶었다. 그래서 형이 나를 볼 수 있게. 아버지가 나를 볼 수 있게.

모든 역에는 텔레비전이 있고, 아버지는 역에 살고 있으며, 형은 역에서 아버지를 찾고 있을 것이다. 내가 텔레비전 화면에 크게 나오면 역에 있던 아버지나 형이 나를 볼 것이다. 그러면 내가 여기 광장에서, 역 대합실에서 기다린다는 것을 알 수 있을 것이다. 여기서 내가 개다리춤을 추며 형을 기다린다는 것을 알 수 있을 것이다.

나는 온몸을 지그재그로 흔들어 댔다. 춤이 엉망이 될수록 나는 더 많은 관심을 받을 것이다. 그러면 형이 나를 볼

확률도 높아질 것이다.

와아.

박수가 터져 나왔다. 대합실에 있던 사람들이 모두 나를 바라보는 것 같았다. 모여 있던 형과 누나들, 지나가던 사람들, 역무원들, 기다리는 사람들 모두 나를 보고 있는 게 분명하다. 조금 전보다 더 많은 사람이 휴대폰을 들어 올리고 나를 찍었다. 팔다리에 속도가 붙자 나도 나를 알 수 없을 만큼 빨라졌다. 나는 혼이 빠져나가고 몸만 남은 것처럼 신나게 팔다리를 흔들어 댔다. 정말 내가 생각해도 그보다 더 진짜 같은 춤은 다시 추기 힘들 것이다.

다음 날도, 그다음 날도 나는 역 대합실 출구 앞으로 나가 개다리춤을 추었다.

19

이제 이야기는 거의 다 했다.

형 소식부터 말해야겠다. 형은 여름 방학이 끝나는 날 돌아왔다. 형이 오던 날 밤에도 나는 대합실 출구 앞에서 개다리춤을 한바탕 추었다. 그리고 슬슬 집으로 돌아가는 길이었다.

계단에 막 발을 올리려는데 광장 저 멀리서 달려오는 오토바이 한 대가 보였다. 엉덩이에 빨간 배달통을 매단 오토바이였다. 지금도 나는 비슷한 오토바이를 보면 가슴이 뛴다. '형이다!' 오토바이는 나를 향해 곧장 달려왔다. 형이 틀림없다. 이 세상에서 나를 향해 곧장 달려오는 오토바이는 형 오토바이밖에 없다.

야. 여기 있었냐?

형이 아니었다. 형 친구였다. 나는 멍하니 형 친구를 쳐다보았다.

연락 왔다.

형 친구가 말했다.

잠깐 기다려 봐라. 전화 올 거다.

형 친구와 나는 오토바이를 세워 놓고 기다렸다. 잠시 후에 전화벨이 울렸다.

받아 봐라.

형 친구가 휴대폰을 내밀었다.

나는 휴대폰을 귀에 갖다 댔다.

어디 쏘다니냐?

형 목소리였다.

언제 와?

나는 고작 그걸 물었다.

별일 없냐? 이모는 왔다 갔냐? 버드는 잘 있냐? 학교 갈 준비는 해 놨냐?

형이 이것저것 한꺼번에 물어서 뭐부터 대답해야 할지 알 수 없었다.

언제 올 거야?

나는 그것만 또 물었다.

나는 뭔가 더 말하고 싶었지만 참아야 한다고 생각했다. 그 순간 내가 너무 귀찮게 징징거리면 형이 영영 안 올지도 모른다는 생각이 들었다. 형이 버드와 나 없이 혼자 행복하게 살고 싶어 할지도 모른다는 생각이 불쑥 들었던 것이다. 그래서 형이 있건 없건 나는 잘 지내고 있다는 걸 알려 주고 싶었다. 나는 형한테 이모가 두고 간 돈이 없어졌다는 이야기도, 옆방 누나가 이사 갔다는 이야기도, 귀차니 아줌마한테 엄청난 일이 일어났다는 이야기도 하고 싶지 않았다. 아이언맨 이야기는 더더욱 하고 싶지 않았다. 어쩌면 형의 아이언맨도 아버지가 아닐지 몰랐다. 그걸 그때 알았다.

나랑 버드는 아무 일도 없이 편안하다는 것을 형이 느끼게 해 주고 싶었다. 형이 돌아오면 행복하게 살 수 있을 것 같다는 기분이 들게 해 주고 싶었다. 그래야 형이 돌아올 것만 같았다.

형.

응.

여긴 아무 일도 없어.

버드는?

잘 있어서 탈이지.

금방 간다.

통화가 끝나고 휴대폰을 돌려주자 형 친구는 나더러 오토바이 뒤에 타라고 했다. 집까지 태워 준다고 했다. 나는 거절했다. 걸어가면서 생각할 것이 있다고 했다. 형 친구가 내 어깨를 툭 치고 서둘러 가 버렸다. 배달 도중에 시간을 내 찾아온 거였다.

형은 이튿날 돌아왔다. 한 달 동안이나 형 혼자 쏘다닌 일에 관해서는 천천히 묻기로 했다. 형은 돌아왔고, 여름 방학도 끝났다.

아이언맨을 만나면 물어보려던 말도 잊기로 했다. 사실 그건 별거 아니었다. 그건 그냥 형이 돌아온 이후에도 계속되는 인생과 같은 거였다.

형이 돌아온 뒤 어느 날 밤, 형과 나는 침대에 나란히 누워 천장을 올려다보고 있었다. 버드가 형과 나 사이에 엎드려 있어서 함부로 몸을 뒤척일 수 없었다. 잘못하면 버드를 깔아뭉갤 수 있었다. 나는 무슨 이야기든 해야 한다고 생각했다. 그래서 형이 없는 동안 일어난 일 중에 어떤 이야기부터 할지 순서를 생각해 보고 있었다. 그런데 형이 먼저 말을 꺼냈다.

혼자 힘들지 않았냐?

힘들다고 생각하지 않았는데 형이 갑자기 물어서 목이 꽉 막혔다. 더위 먹고 체해서 어지러웠다는 말도, 귀차니 아줌마가 와서 돌봐 줬다는 말도, 옆방 누나가 사라졌다는 말도, 형이 돌아오지 않을까 봐 무서웠다는 말도 나오지 않았다.

나는 겨우 이렇게 되물었다.

형은?

나는…….

형이 아주 작게, 이 세상에서 나와 버드만 들을 수 있을 만큼 작은 목소리로 이야기해 줬다. 형은 우리나라의 KTX 노선은 일곱 개가 있고, 기차역은 모두 일흔 개가 넘는다는 걸 알게 됐다고 한다. 그중에서 이번에 한 개 노선의 열다섯 개 기차역을 뒤졌다고 했다. 처음엔 아이언맨을 꼭 찾아야겠다는 고집뿐이었는데 중간쯤 가서는 고집이 사라졌다고 했다.

왜?

내가 묻자 형은 슬며시 나를 돌아보았다.

여기서 기다리고 있는 네 생각이 나더라.

그랬어?

나는 아무렇지 않은 듯 대꾸했다. 그러자 형은 다시 천장을 보고 말했다. 이제부터 공부에 신경 써서 내년엔 검정고시에 합격할 거라고 했다. 그리고 오토바이도 험하게 몰지 않을 거고, 아무도 미워하지 않을 거고, 또…….

잠에 빠져드느라 형의 결심을 더는 듣지 못했다. 하지만 형이 앞으로는 아이언맨을 찾으러 쏘다니지 않을 거라는 건 알았다.

작가의 말

두 아이가 있어요. 남겨진 아이와 떠난 아이.

남겨진 아이는 기다리고 있어요. 매일 수많은 사람이 떠나고 돌아오는 서울역에서 형을 기다려요. 그리고 아이언맨을 기다려요. 아이가 기다리는 게 정말 아이언맨일까요? 형은 돌아올까요?

동생을 혼자 남겨두고 떠난 아이가 있어요. 아이언맨을 찾으려고 전국의 기차역을 돌아다녀요. 아이가 찾는 게 정말 아이언맨일까요? 아니라면 무엇을 찾아 기차역을 떠도는 걸까요? 아이는 동생이 기다리는 집으로 돌아갈까요?

두 아이가 보내는 여름의 끝에 무엇이 기다리고 있을까, 그 생각을 하면서 이야기를 썼어요. 아이의 마음을 따라가면서 함께 여름을 보냈어요. 아이가 버틴 날들이 고스란히 전해진 나날이 이어졌어요.

어느덧 시간이 지나 『서울역』 개정판을 출간하게 되었어요. 출판사에서 지어 준 『서울 아이』라는 제목이 마음을 끌어요. 한 여름밤 텅 빈 서울역 광장에서 아이가 올려다본 밤하늘을 생각나게 해요.

아직도 서울역을 지날 때면 그 아이가 있을까 봐 두리번거리곤 해요. 있을리 없겠지만 혹시 모를 일이니까요. 그 아이가 있던 자리에 다른 아이가 있을지도 모르니까요.

'서울 아이'가 아이언맨을 만났길 바래요. 천천히 자라서 우리 곁에 있길 바래요.

우리학교 출판사 여러분께 감사드리며.

2023년 7월, 박영란